MITOLOGIA HELÊNICA

ÉDIPO

Recontado por Menelaos Stephanides
Tradução: Janaína R. M. Potzmann
Revisão técnica e notas:
Luiz Alberto Machado Cabral

3ª edição

ODYSSEUS

Ficha Catalográfica

STEPHANIDES, Menelaos
Édipo / Menelaos Stephanides. Trad. Janaína R. M. Potzmann; rev. téc. e notas Luiz A. Machado Cabral; ilust. Iannis Stephanides. São Paulo: Odysseus, 2004.
196 p.; il.; 21 cm. (Mitologia Helênica; n. 7).

ISBN: 85-88023-48-2

1. Mitologia clássica 2. Literatura grega 3. Literatura juvenil I. Título II. Série

Preparada por Eleni Steinle de Moraes – CRB 4911/8

Édipo
Título Original: ΟΙΔΙΠΟΔΑΣ

Autor: Menelaos Stephanides
Editor responsável: Stylianos Tsirakis

Tradução: Janaína R. M. Potzmann
Revisão técnica e notas: Luiz Alberto Machado Cabral
Revisão: Daniel Seraphim

Projeto gráfico: Carlos Big Brioschi
Capa: Gabriela Brioschi e Carlos Big Brioschi
Ilustrações internas: Iannis Stephanides
Editoração: Lucas Dezotti

Odysseus Editora Ltda.
R. dos Macunis, 495 – CEP 05444-001
Tel./fax: (11) 3816-0835
e-mail: editora@odysseus.com.br
www.odysseus.com.br

ISBN: 85-88023-48-2

Edição: 3
Ano: 2004

TRAGÉDIA

Uma palavra forte, porém amena
diante do maior de todos os dramas,
o drama de Édipo.

SUMÁRIO

O NEGRO DESTINO DE ÉDIPO

"Ah, Zeus, tu és um tirano! Não tens pena do homem. Primeiro tu o crias, e depois enche-lhe a vida de tormentos e desgraças!"

Com essas ousadas palavras, o grande Homero acusa o soberano dos deuses e dos homens pela amarga vida de Odisseu. Mas o que dizer do destino que os deuses reservaram a Édipo, ao lançá-lo à maior de todas as infelicidades e a uma dor insustentável?

O destino de Édipo já estava traçado antes mesmo de seu nascimento. Seu pai, Laio, arrastava consigo uma pesada maldição: hóspede certa vez na corte de Pélope, rei de Pisa, comportou-se de modo tão torpe em relação a Crisipo, o belo filho de Pélope, que o jovem rapaz suicidou-se.[1] Seu pai, então, inconsolável e em meio a uma ira desmedida, gritou:

– Filho de Lábdaco, você matou meu filho! Por isso eu lhe faço um voto e uma maldição: desejo que jamais tenha um filho, para que não venha a saber o que é perdê-lo. Porém, se tiver um, impreco que você encontre a morte pela mão dele!

Laio, sem dar muita importância à praga rogada por Pélope, retornou a Tebas, onde, pouco tempo depois, tornou-se rei ao herdar o trono do pai, Lábdaco. Entretanto, chegaria o dia em que pagaria caro por tamanho abuso cometido contra a hospitalidade. Entretanto, não apenas ele haveria de pagar, mas toda a linhagem dos labdácidas (descendentes de Lábdaco) e, sobretudo, o inocente Édipo.

[1] A razão é que Laio apaixonou-se pelo jovem e raptou-o; Crisipo teria se suicidado de vergonha. Existem, entretanto, outras versões acerca da maldição dos labdácidas, descendentes de Lábdaco, que é pai de Laio e avô de Édipo.

O NASCIMENTO DE UMA CRIANÇA INDESEJÁVEL

Laio casou-se com Jocasta, a filha de Meneceu. Contudo, não tinha filhos e estava muito preocupado com o fato de não haver um herdeiro de sua linhagem para o trono.

– Irei a Delfos consultar o oráculo de Apolo, a fim de pedir a ajuda do deus para que eu tenha um herdeiro – disse ele à esposa.

Embora Jocasta não desse muita importância a oráculos, concordou com o marido. Assim, Laio, levando consigo ricos presentes, foi pedir a ajuda de Apolo.

Quando, porém, a pítia[2] lhe proferiu o oráculo, Laio ficou aterrorizado:

"Filho de Lábdaco", dizia a resposta de Apolo, "pediste a dádiva de ter descendentes e teu desejo se realizará. Terás um filho, mas morrerás pelas mãos dele e toda a tua raça se afogará em sangue. Assim decidiu Zeus, o filho de Cronos, que quer que pagues pela morte injusta de Crisipo!"

De cabeça baixa, Laio saiu do oráculo, onde fora buscar uma coisa e havia obtido outra.

– Quer dizer então que as pragas de Pélope não foram palavras ao vento! – dizia.

E por todo o caminho pensava em uma maneira de escapar à sua sina. Enfim, ao chegar ao palácio, assim que viu Jocasta, disse-lhe bruscamente:

– A partir de hoje dormiremos em quartos separados!

– Por quê? – perguntou ela, inquieta.

– Para que jamais tenhamos um filho!

– Você dizendo uma coisa dessas? – ela ficou perplexa.

[2] **Pítia** é a sacerdotisa do templo de Apolo em Delfos (lugar cujo nome primitivo era Pito, daí o nome). Ficava sentada sobre a trípode, inspirando exalações de folhas de loureiro queimadas, quando então entrava em transe e proferia os famosos oráculos do deus, em versos de sentido obscuro, que o consulente deveria interpretar.

– Sim, eu, que tanto desejava um filho! Mas, infelizmente, recebi uma predição que afirma que meu filho irá matar-me!

Jocasta, porém, não ficou nada aflita:

– Tantas e tantas profecias acabam se revelando falsas e você vem me dizer para não termos o filho que desejamos tanto?!

Todavia, Laio não mudava facilmente de opinião. Então Jocasta, que sempre ansiara por um filho, resolveu enganá-lo. Com esse intuito, durante um banquete, encheu-lhe copos e copos de vinho até embriagá-lo. Então o arrastou bêbado para o quarto e eles dormiram no mesmo leito.

Assim, nove meses depois, nasceu a criança que tanto Laio quis evitar: um menino. Enquanto a mãe do bebê transbordava de felicidade, o pai, que temia a realização do oráculo, só pensava em como se livrar da criança. Até que, um dia, entregou-a para seu pastor, um empregado em quem depositava a maior confiança, com a missão de abandoná-la no alto do monte Citéron, para que as feras a devorassem. E com medo de que o bebê conseguisse escapar, engatinhando, e fosse achado por alguém de bom coração, furou-lhe os pés com um ferro, amarrando-os com uma corda. Ordenou ao pastor que prendesse o menino a uma árvore e, vendo-o atônito, acrescentou:

– Se você não fizer exatamente como estou dizendo, eu mesmo lhe darei uma morte horrenda!

– Meu senhor, eu farei o que me mandou – respondeu o pastor.

Contudo, enquanto ia embora, ressoava em seus ouvidos o lamento mortificado de Jocasta, a mãe que estava perdendo a coisa mais preciosa que uma mulher pode desejar, seja rainha ou mendiga. Assim, o pobre homem, espantando rapidamente toda e qualquer possibilidade de abandonar a criança na mata, usava a imaginação para encontrar um modo de salvá-la.

O MENINO É CONDENADO À MORTE, MAS SE SALVA

No alto da montanha, encontrou um outro pastor, seu velho conhecido, que cuidava dos rebanhos de Políbo, rei de Corinto. Como sabia que se tratava de um homem de bom coração, falou-lhe sobre a criança. Disse que lhe havia sido entregue por um rei desumano, para que fosse abandonada às feras.

– Entregue-me o bebê. Eu o levarei a Corinto, ao rei Políbo, que não tem filhos. Creio que ele o receberá com alegria – respondeu o outro.

– Mas com uma condição: não diga a ninguém que fui eu quem lhe entregou a criança. Conte uma história qualquer, só não diga que foi um empregado do rei de Tebas.

Feito o acordo, desamarraram os pés do menino e trataram como podiam as suas feridas. Então, o segundo pastor tomou o menino nos braços e o levou para Corinto, até o rei Políbo.

Políbo e sua mulher, Mérope, ficaram muito contentes com a surpresa. Como não tinham filhos, adotaram-no para que, mais tarde, ele reinasse no trono de Corinto. Deram-lhe o nome de Édipo, "aquele que tem pés inchados", por causa do inchaço dos pés feridos da criança.

Édipo passou a infância no palácio de Políbo, acreditando ser filho deste e da rainha Mérope. Quando cresceu, tornou-se um belo jovem, muito forte, inteligente e audacioso. Sempre saía vencedor em todas as competições, exceto na corrida e no salto, e todos os rapazes de sua idade o reconheciam como superior. Contudo, também tinha um defeito: zangava-se com facilidade. Mas assim também era Laio, seu pai verdadeiro.

Certa vez, em uma festa, um jovem que havia bebido muito vinho perturbava e zombava de Édipo de maneira desrespeitosa, como se não soubesse que tinha diante de si o herdeiro do trono de Corinto. Édipo respondeu iradamente às provocações do jovem e o ofendeu na frente de todos. O rapaz, então, retribuiu o ultraje com palavras ainda mais ofensivas:

– Bastardo! – gritou-lhe. – Pensa que é filho de Pólibo!

– O que foi que disse? – gritou Édipo fora de si.

E, com um soco, lançou-o ao chão, desmaiado.

Porém, a partir daquele momento, Édipo perdeu o sono. Então foi falar com Pólibo e Mérope, mas eles tentaram tranqüilizá-lo e convencê-lo de que era seu filho. Porém, Édipo, torturado pela dúvida, resolveu ir a Delfos perguntar a verdade ao oráculo de Apolo[3]. Quando se viu diante da pítia, fez sua pergunta, disposto a aceitar qualquer que fosse a resposta que o deus lhe desse, mesmo que este lhe dissesse que era filho de um humilde mendigo.

No entanto, sentiu o sangue gelar com a resposta que Apolo lhe deu pela boca da pítia:

– Vá embora daqui, amaldiçoado! Você subirá ao trono de seu pai, tendo-o assassinado primeiro. Depois, se casará com sua própria mãe e terá filhos que serão odiados por deuses e homens!

Apavorado, acreditando que o oráculo se referia a Pólibo e Mérope, Édipo decidiu não mais retornar a Corinto. Assim, tomou o caminho que levava a Tebas, cidade onde vivia e reinava Laio, seu verdadeiro pai...

O ENCONTRO FATAL ENTRE PAI E FILHO

No mesmo dia, Laio havia partido de Tebas, em uma carruagem, para ir a Delfos perguntar ao oráculo sobre como livrar os tebanos da Esfinge, o terrível monstro que era o terror de toda a cidade e das regiões circunvizinhas. Além do cocheiro, acompanhavam-no um arauto e três criados. O destino fez com

[3] Uma das máximas inscritas na entrada do templo de Apolo em Delfos é a famosa sentença "Conhece-te a ti mesmo", que é mais que apropriada para o destino reservado a Édipo.

que pai e filho, desconhecidos um do outro, se encontrassem em uma encruzilhada, de onde começava a estrada para Dáulis, num lugar tão estreito que apenas podia passar um carro. Édipo, sem desconfiar que estava diante da carruagem real, não parou, pois calculava poder passar caminhando cuidadosamente pela beira da estrada.

– Espere, jovem – gritou-lhe Laio – primeiro passarão os melhores que você!

– Não reconheço ninguém superior a mim, exceto meus pais e os deuses – disse Édipo, que, em vez de esperar, tentou passar ao lado da carruagem.

– Agora eu vou esmagá-lo, seu verme! – gritou o cocheiro, enfurecido.

Então puxou as rédeas, virando um pouco o carro, de modo que a pesada roda passou por cima dos pés de Édipo. Na mesma hora, Laio ergueu o chicote e bateu-lhe no rosto com toda a força. Isso bastou para desencadear a fatalidade. Louco de raiva, Édipo, de onde estava, golpeou Laio bem no meio do peito com seu cajado, com tanta força que o atirou do carro sobre as pedras da estrada, onde encontrou a morte. Então, os outros caíram sobre o rapaz, uns armados de espada e outros com lanças, mas nenhum deles tinha a força e a destreza de Édipo. Um após outro, ao se aproximar, caía morto no chão. Apenas um não ousou medir-se com ele, julgando que o melhor a fazer era correr o mais depressa possível...

Após a sangrenta luta, Édipo, que não imaginava haver matado o rei de Tebas, muito menos que este fosse seu próprio pai, seguiu para a cidade.

ÉDIPO SALVA TEBAS DA ESFINGE

Passando pelo monte Fíquion, avistou a Esfinge sentada sobre uma rocha, junto à estrada.

A Esfinge era um monstro com dorso e cabeça de mulher, corpo de leão e asas de águia. Tinha garras de ferro e uma cauda em cuja extremidade havia uma cabeça de dragão. Era filha de Tífon e Equidna, e estava causando terríveis males aos tebanos. Com suas garras, fazia em pedaços pessoas e animais. Muitos heróis destemidos que haviam encontrado coragem para enfrentá-la desapareceram para sempre. A maneira como gostava de atrair suas vítimas era propor aos passantes um difícil enigma. Como ninguém conseguia decifrá-lo, todos acabavam por ser devorados. Segundo se contava, caso encontrasse alguém capaz de resolver o enigma, a Esfinge cairia do alto do rochedo em que se sentava e morreria. Porém, qual era esse enigma? Até então não se sabia, uma vez que ninguém que o tivesse ouvido pôde voltar...

Quando, porém, o intrépido Édipo viu a Esfinge, e como em toda parte se sabia do grande mal que ela vinha causando às pessoas, aproximou-se. Estava decidido a desaparecer como todos os outros ou libertar de vez o lugar daquele terrível flagelo.

Ao vê-lo, o monstro alado não pareceu disposto a atacar. Preferiu primeiro humilhar o herói, propondo-lhe o enigma cuja solução ninguém havia conseguido descobrir:

– Qual é a criatura que, pela manhã, anda com quatro pernas, ao meio-dia, com duas e, à tarde, com três?

Mal acabou de escutar a pergunta, Édipo respondeu imediatamente:

– É o homem! No começo de sua vida ele engatinha, usando os dois braços e as duas pernas para se locomover. Ao crescer, anda apenas com as duas pernas. Enfim, quando envelhece, apóia-se sobre uma bengala, que lhe serve, assim, de terceira perna!

O herói nem chegou a terminar de responder e a Esfinge se encheu de raiva, agitou-se de um modo terrível, desequilibrou-se, caiu do alto rochedo e morreu. Com a sua queda, toda a região foi abalada por um estrondo assustador. Esse foi o fim do terrível monstro. Édipo, apenas com a força do intelecto, tornou-se o salvador de Tebas. Instantes depois, pessoas que estavam escondidas por medo da Esfinge saíram de seus esconderijos e correram a abraçar Édipo. Cheios de alegria e gratidão, rumaram com ele para Tebas.

Nesse ínterim, havia chegado à cidade o criado que se salvara do morticínio da encruzilhada. Com o coração na boca, contou que o rei havia sido assassinado, assim como toda a sua comitiva. Entretanto, sentindo-se envergonhado de revelar que um homem sozinho tinha vencido todos eles, disse que haviam caído nas mãos de uma quadrilha de ladrões.

Depois disso, quando o lamento pela morte do rei já serenava, Creonte, o irmão de Jocasta, convocou o povo em assembléia e disse:

– Cidadãos de Tebas! Para nós tem sido um infortúnio após o outro! Como se não bastasse vivermos assolados pela Esfinge, também acabamos de perder nosso rei, que seguia para Delfos a fim de se informar sobre o que fazer para nos livrarmos desse monstro pavoroso! Já há dias nossa pátria está sem governante, porque, como todos sabem, não temos um herdeiro. Um navio desgovernado não vai muito longe, mas também quando o capitão, por melhor que seja, tem de enfrentar um monstro assustador, não é menor o perigo que o navio corre! Por isso, penso que devemos tomar uma decisão que, ao mesmo tempo em que nos resolva o problema da sucessão real, possa também livrar o país da ameaça da Esfinge. Sugiro que prometamos como recompensa o trono de Laio e a mão da rainha Jocasta a quem conseguir libertar Tebas de seu terrível flagelo.

ÉDIPO SOBE AO TRONO

Ao ouvirem tal proposta, os presentes ficaram paralisados de medo. Os mais destemidos e valorosos jovens tebanos já haviam perecido na tentativa de salvar a cidade do odioso monstro! Quem, então, ousaria enfrentar a Esfinge, sabendo estar caminhando para morte certa?

Mas eis que, naquele exato momento, um tebano chegou correndo e gritou:

– Meus irmãos! A Esfinge já não existe mais! Não há mais motivo para esse pavor em seus olhares! Um herói ousou enfrentá-la, resolveu o enigma e o monstro despencou do alto do rochedo! Está morto!

A notícia era espantosa! Ressoavam as vozes da multidão. Uns choravam de tanta alegria, outros não acreditavam que se tivesse encontrado alguém capaz de livrar a cidade da terrível maldição. Então, a pequena multidão que conduzia Édipo adentrou os grandes portões das muralhas da cidade e, com gritos de alegria e triunfo, levaram-no até o alto do degrau em que estava Creonte. Já não havia dúvida: o monstro estava morto e aquele estrangeiro era o salvador da cidade. Agora deveria receber como recompensa o trono de Laio e a mão da rainha Jocasta em casamento.

Assim, Édipo, que sem saber havia assassinado seu pai, subiu então ao trono de Tebas e casou-se com a própria mãe. E estava feliz, pois pensava haver escapado ao destino que lhe predissera o oráculo, não apenas por agora, mas para sempre. Bastava que nunca mais retornasse a Corinto...

Pobre Édipo... Como poderia imaginar que já havia matado o pai, que já estava casado com a mãe e que as profecias haviam se cumprido. Seu destino já estava traçado antes mesmo de nascer, porque essa era a vontade do próprio Apolo: a maldição de Pélope deveria se cumprir e o castigo pelo grave crime de Laio seria terrivelmente cruel!

Édipo teve quatro filhos com Jocasta: dois meninos, Eteócles e Polinice, e duas meninas, Antígona e Ismene. Dessa maneira se realizara também a última parte do oráculo: ele teria filhos com a própria mãe. Filhos que, ao mesmo tempo, eram seus irmãos! Embora nem ele nem ninguém desconfiasse disso... Apenas o sábio tebano Tirésias, o adivinho cego, ao sentir perto de si a presença de Édipo, virava o rosto para o outro lado, mas sem dizer uma palavra.

Édipo reinou em Tebas com prudência, contando com o apreço do povo, que sempre o considerava seu salvador. Por muitos anos não pairou nenhuma ameaça sobre seu reinado, e Édipo se sentia o mais feliz dos homens, crendo que sua obra era abençoada pelos deuses.

No entanto, os deuses não haviam esquecido que a estirpe dos labdácidas devia pagar por seu crime. Se a punição demorava a chegar e Édipo vivia como rei por muitos e felizes anos, não era porque os atos iníquos que cometera sem saber lhe haviam sido perdoados. Tampouco a maldição de Pélope havia sido esquecida. Se os imortais o deixaram, e mesmo o ajudaram a subir até o mais alto degrau da felicidade, foi apenas para que sua derrocada fosse terrível e sua dor, insuportável!

Mas por quê?

Apenas e tão-somente para que os homens compreendessem como era grande o poder dos deuses...

Assim, os deuses não tinham se esquecido do desafortunado Édipo, ainda que este fosse inocente. E quis o destino que ele sozinho investigasse e descobrisse a verdade. Quando esta começou a exalar seu odor abominável, o herói quis descobri-la inteira, insistindo teimosamente em trazer tudo à luz, sem levar em conta o preço que pagaria por isso. E como os remorsos atormentam os inocentes mais do que o fazem com os culpados, condenou-se a si mesmo a um castigo que não poderia ser pior.

Porém, tudo isso nos é contado no *Édipo Rei* de Sófocles, obra-prima da literatura mundial. Nessa tragédia se baseia o próximo capítulo.

ÉDIPO REI

Segundo a tragédia de Sófocles[4]

[4] **Sófocles**: nascido em torno de 496 a.C., na cidade de Colono, na Ática, Sófocles participou desde cedo da vida teatral. Conta-se que aos 16 anos ele foi escolhido para participar do coro dos adolescentes que celebrava a vitória dos gregos na Batalha de Salamina, em 480 a.C., no qual dançavam nus, cantando o peã, um hino de louvor a Apolo. Sua vida e obra tornaram-se o símbolo da era de Péricles e, em muitos sentidos, ele é, de fato, o seu mais legítimo representante. Chegou mesmo a ocupar altos cargos no governo ateniense. Já velho, foi processado pelo filho, que o acusou de senil e incapaz. Levado à presença dos juízes, Sófocles defendeu-se lendo trechos de *Édipo em Colono*, que estava escrevendo nessa ocasião, e foi absolvido. Morreu em 406 a.C., deixando cerca de 120 peças, das quais infelizmente só restaram sete: *Antígona*, *Ájax*, *Édipo Rei*, *Electra*, *As Traquínias*, *Filoctetes* e *Édipo em Colono*.

A IRA DE UM DEUS DEVASTA A CIDADE DE TEBAS

Tebas mais uma vez passava por dias negros, ainda piores do que aqueles em que a terrível Esfinge devastava a cidade. O povo encontrava-se de novo abatido. A fumaça que se desprendia dos sacrifícios nos altares dos deuses subia ao céu, e ouviam-se as súplicas dos sacerdotes e os gemidos dos homens, curvando-se ao peso da nova desgraça.

Não podendo suportar o mal, os mais venerandos anciãos da cidade, liderados pelo sacerdote de Zeus, reuniram-se em frente ao palácio do rei Édipo. Jovens e crianças juntaram-se a eles e nos rostos de todos estampava-se uma grande agonia. Traziam nas mãos galhos sagrados, que depositavam nos altares dos deuses, do lado de fora do palácio. Em seguida, ajoelharam-se diante do grande portão.

Édipo, cheio de dor, saiu do palácio e, olhando com compaixão para aquela gente, disse:

– Meus filhos, descendentes do velho Cadmo, por que estão ajoelhados aqui nestes altares, depositando ramos, em súplica? Vi que vocês chegaram e julguei correto que eu mesmo viesse saber o que querem. Diga-me então você, honorável ancião, que pode falar em nome de todos. Diga-me o motivo de sua vinda aqui. E eu, tendo escutado sua queixa, farei o que me pedirem, pois não permanecerei insensível depois de tal súplica – disse ao sacerdote de Zeus.

– Eminente Édipo! – disse o ancião. – Juntamente com essas frágeis crianças, com os melhores frutos de nossa juventude, e também com estes que já estão curvados pela velhice, eu, sacerdote de Zeus, venho cair de joelhos, em súplica, diante dos altares no momento em que o restante do povo está ajoelhado nas praças, em frente aos dois templos de Atena e ao altar profético de Ismeno. Isso porque a cidade está sendo duramente assolada por uma calamidade que atingiu nossa terra. Nas planícies, as sementes apodrecem antes de germinar, os rebanhos morrem e as mulheres dão à luz crianças mortas. E, como se tudo isso não bastasse, Apolo arqueiro enviou-nos uma doença horrorosa que está exterminando a população, encheu de gemidos e lamentos todas as casas e agora enche o reino do Hades[5] de suspiros e soluços de tebanos. Por isso viemos até você, na condição de suplicantes, velhos, jovens e crianças. Temos fé que você é o único que poderá nos salvar porque, se não é igual aos deuses, é o mais sábio e mais importante na cidade. E como certa vez nos salvou do flagelo da Esfinge, também encontrará agora uma maneira de nos salvar. Seja com ou sem a ajuda dos deuses, pois sabe muitas coisas. Por isso, caímos ajoelhados aos seus pés e lhe pedimos: Salve a cidade, Édipo! Salve-a da terrível desgraça antes que fique totalmente deserta! Afinal, nem castelos nem navios tem valor se estiverem desertos de homens...

– Meus filhos, sei como é grande o mal que se abateu sobre Tebas. Sei o quanto vocês sofrem e o quanto estão infelizes. Quero, porém, dizer-lhes que a desgraça em que me encontro é ainda maior, pois não sofro somente por mim, mas também pela cidade inteira! E não é que vocês tenham me encontrado despreparado. Há muito tempo, derramando amargas lágrimas, venho pensando

[5] Hades: em grego, o "Invisível". Geralmente, não era nomeado, pois temia-se que, invocando-o, se provocasse a sua cólera. Por isso, era designado através de eufemismos. O mais usual era o epíteto de Plutão, "Rico" (em alusão à riqueza inesgotável da terra). Deus grego do mundo dos mortos e filho de Cronos e Réia, Hades é, ao lado de Zeus e Possêidon, um dos três senhores que dividiram entre si o poder sobre o universo, depois de vencerem os titãs. Enquanto Zeus obteve o céu e Possêidon, o mar, Hades recebeu o mundo subterrâneo. O nome do deus Hades aplicava-se também a seu reino, o mundo subterrâneo, cuja localização variava à proporção que mudavam as noções geográficas. Na *Ilíada*, o Hades ficava no extremo ocidental do mundo, além do rio Oceano, que, segundo a concepção da época, circundava o mundo. Mais tarde, ele foi posto nas profundezas da Terra, onde se chegava através de abismos naturais.

insistentemente para descobrir o que devo fazer para que a cidade seja salva. Assim, cheguei à conclusão de que a primeira coisa a ser feita é saber qual a razão de os deuses estarem zangados conosco. Decidi, portanto, enviar Creonte, irmão de minha mulher Jocasta, a Delfos, para pedir um conselho a Apolo. De fato, essa providência já foi tomada. Já faz alguns dias que ele partiu rumo ao oráculo e estou inquieto por ainda não ter voltado... mas quando voltar e trouxer a resposta do oráculo, três vezes maldito eu seria se não fizesse o que o deus nos pede!

Édipo nem teve tempo de concluir sua frase e eis que surgiu Creonte. Parecia contente e, por isso, todos adivinharam que havia um jeito de a cidade ser salva. Mal ele se aproximou de Édipo, este gritou:

– Diga-me, irmão, qual foi a mensagem, seja boa ou ruim, que nos traz de Delfos.

– Todo oráculo é bom quando nos diz o que devemos fazer. Se conseguirmos cumprir o que o deus nos pede, tudo dará certo!

– Então diga logo e pare com o suspense! Fale aqui, diante de todos, já que o destino deles é o que mais me preocupa, e não a minha própria dor...

LIMPAR NOSSA TERRA DO MIASMA!

– O deus ordena que purifiquemos nossa terra daquele que a infecta! Temos de expulsar o assassino, ou vingar o assassinato com outro assassinato, pois é o sangue da vítima que macula a cidade!

– Mas a que vítima e a que assassino o oráculo se refere?

– Outrora, nesta terra, o rei era Laio...

– Disso eu sei, mas jamais o conheci.

– Como ele foi assassinado, o deus ordena que castiguemos o assassino se quisermos nos livrar do mal que nos aflige.

– Mas como iremos encontrar agora as pistas de um crime tão antigo?

– Quem realmente procura encontra aquilo que deseja, mas essa coisa escapa àquele que se descuida da busca.

– Falou acertadamente, mas agora diga: onde foi que Laio encontrou a morte?

– Estava indo até o oráculo para perguntar como nos salvaríamos da Esfinge. Porém, jamais retornou...

– E não há ninguém que tenha testemunhado o que aconteceu? Ele não tinha um séquito consigo?

– Sim, mas todos foram mortos, com exceção de um. Mas este não pôde contar muita coisa...

– O que ele disse? Teríamos alguma esperança se pudéssemos achar um ponto de partida...

– Disse que foram ladrões que o mataram. Foi obra de muitas mãos, não só de uma.

– E ladrões teriam ousado matar o rei se alguém daqui da cidade não os tivesse contratado? Devemos investigar nessa direção!

– Nós desconfiamos disso. Tomamos, então, todas as providências que podíamos, mas, em meio a tantas desgraças, talvez não tenhamos procurado como devíamos. O mal que a Esfinge espalhava por nosso país nos oprimia tanto o pensamento que só olhávamos para o que tínhamos diante dos olhos...

– Contudo, agora que governo Tebas de acordo com a vontade dos deuses, trarei toda a verdade à luz. É certo que o deus se incomode com o morto. Vocês agora terão a mim como aliado para que purifiquemos a cidade desse miasma. E farei isso não apenas por obrigação à vítima, como também por obrigação a mim mesmo! Afinal, quem pode me dizer que o assassino de Laio não irá querer algum dia me matar também? Que, então, um arauto reúna aqui todo o povo, pois eu cuidarei de tudo e, com a ajuda de Apolo, acredito que encontraremos a salvação. Se, porém, formos destruídos, será porque assim querem os deuses.

Depois que Édipo pronunciou essas palavras, o sacerdote gritou:

– Meus amigos, levantem-se! O nosso rei, o homem que outrora nos salvou, prometeu nos ajudar! E que Febo Apolo,[6] que nos enviou esses oráculos, torne-se nosso salvador, pondo um termo à nossa desgraça.

Então, as pessoas se retiraram. Também Creonte saiu. No entanto, quinze respeitosos anciãos se destacaram da multidão, avançaram e pararam de pé diante de Édipo. Cantando a uma só voz,[7] disseram-lhe:

Ah! Que palavras ecoam de Delfos, rica em ouro,
e são ofertadas a Tebas de Sete Portas!
Minha mente está confusa e meu corpo todo treme!
E tenho medo, Apolo de Delos,
medo de que exijas mais e mais de nós.
Diz-me, voz celeste, broto de esperança!

És tu que chamo primeiro, ó Atena!
Filha imortal de Zeus poderosíssimo.
Chamo-te também, Apolo Arqueiro
e a deusa Ártemis, tua irmã,
cujo trono todo brilhante
encontra-se no centro de nossa ágora.[8]

6 **Febo Apolo**: o adjetivo "Febo" (do grego *phoîbos*) refere-se normalmente ao fogo e à água, elementos puros e purificadores por excelência (cf. Ésquilo, *Prom.* 22; Hesíodo, *Fr.* 78). Na maior parte dos verbos derivados desta palavra, prevalece o significado de "purificar"; mas o outro sentido, "vaticinar" ("estar inspirado"), deve ter surgido somente depois que "Febo" já havia se tornado sinônimo de Apolo.

7 O autor faz aqui uma adaptação livre da tragédia *Édipo Rei*, de Sófocles, e reproduz uma característica da tragédia grega, ou seja, o coro (sempre coletivo) é tratado como se fosse um único personagem, daí o coro dos anciãos falar na primeira pessoa do singular.

8 **Ágora**: na Grécia, uma assembléia popular, em contraposição ao Conselho (*Boulé*). Era também o nome do local da assembléia, que podia servir igualmente de praça do mercado. Era arborizada e adornada com templos e estátuas. Nesse local, ao ar livre, os camponeses vendiam seus produtos, e os banqueiros e cambistas tinham suas mesas. A ágora era o lugar preferido para encontros e conversas em geral.

Ajoelhado, imploro aos três
que, como outrora nos livrastes do fogo,
afugenteis também agora
para longe de nós a sombra funesta.

Quanto a Ares, o deus feroz, que sobre nós
se lança com maldade e estardalhaço,
façam-no fugir para longe,
para o grande mar aberto,
para as águas inóspitas da Trácia,
muito além da nossa terra!
E tu, Zeus nosso pai,
tu que possuis os raios e os trovões,
fulmina-o com o fogo do teu relâmpago!
E tu, Baco,[9] *protetor de nosso solo,*
que na cabeça tens o diadema de ouro,
cintilante como o vinho,
torna-te aliado nosso
e, com tochas acesas,
lança-te para cima desse deus
a quem ninguém honra[10]
e que honra não tem!

– Respeitáveis anciãos de Tebas! – disse, então, Édipo. – A prece que vocês fazem aos deuses não será em vão. Basta

[9] Baco: do grego *Bákkhos*, é o nome recente para Dioniso, deus do vinho, representado como civilizador da raça humana, o símbolo das forças geradoras da natureza. O primeiro registro escrito desse nome encontra-se justamente na obra-prima de Sófocles, *Édipo Rei*.

[10] Já na *Ilíada* de Homero, o próprio Zeus diz a Ares: "És, dentre todos os deuses, aquele a quem mais odeio. Sempre encontraste prazer em combates, querelas e lutas" (*vv.* 890-1). Por ser o deus que representa o espírito de combate, que se compraz com a carnificina e o sangue, os gregos, desde os tempos homéricos, sempre tiveram prazer em mostrar a força brutal de Ares contida ou ludibriada pela força mais inteligente de Hércules ou pela sabedoria viril de Atena.

apenas que todos façamos o que pudermos, eu antes que todos. E se sou estrangeiro e não tenho qualquer relação com o assassinato ocorrido antes de minha chegada a Tebas, tenho a obrigação, na condição de rei, de encontrar o culpado que macula nossa terra. Por isso, ouçam o que digo e ordeno: aquele que souber quem matou Laio que nos diga sem medo, porque eu o protegerei e lhe darei a devida recompensa. Além disso, terá a gratidão da cidade inteira. Todavia, o próprio assassino, se tem medo e não quer se revelar, que não hesite em se apresentar agora, pois não sofrerá nenhum mal. Apenas deverá sair deste país. Se, porém, alguém sabe de alguma coisa, seja de outros seja de si próprio, e insiste em ficar em silêncio, eu o amaldiçôo! Que ninguém o acolha neste país, ninguém lhe dirija a palavra, nem com ele ofereça sacrifícios aos deuses, nem nunca lhe dê água para beber! E que todos o expulsem, que ele não possa achar compaixão nem auxílio em parte alguma, pois ele é o responsável pela maldição que nos assola, o miasma, segundo o oráculo sagrado de Apolo! Pois bem! Tal é a minha aliança com o deus e o morto! E ainda amaldiçôo o assassino, que cometeu um ato tão miserável, a chegar ao fim da vida de maneira ainda mais miserável! Quanto a mim mesmo, tenho algo a dizer: se o assassino vier à minha casa e eu perceber de quem se trata e me negar a revelar sua identidade, que todas as maldições que proferi há pouco recaiam sobre mim! Peço a vocês todos que façam isso que lhes digo, pela graça dos deuses, desta cidade que está sendo aniquilada e também pelo seu rei, que já os salvou uma vez! Afinal, tenho o dever de lutar pelo morto como se ele fosse meu pai, de procurar pelo assassino do filho de Lábdaco, descendente da linhagem do fundador de Tebas, o poderoso Cadmo! Peço aos deuses que punam com um mal ainda pior que o que vivemos agora aqueles que desdenharem essas minhas ordens. E aqueles que estiverem de acordo com o que eu disse e ordenei e ajudarem a encontrar o assassino, que tenham os deuses sempre ao seu lado!

LUZ A TODA VERDADE!

Édipo terminou de dizer essas palavras e o mais respeitado entre os anciãos deu um passo à frente e disse:

– Já que você nos ameaçou com tais maldições, e uma vez que não sabemos quem é o culpado, parece-me que o próprio Apolo é quem poderá nos ajudar a encontrar o assassino. Mas como ninguém pode obrigar um deus a revelar o que não quer, então devemos consultar o adivinho Tirésias, o único entre os homens que, apesar de cego, enxerga longe e conhece tudo aquilo que desconhecemos!

– Respeitável senhor, não deixei de considerar isso também. Creonte aconselhou-me a procurar Tirésias e eu lhe disse que enviasse dois arautos para que fossem chamá-lo. Estou admirado de ainda não estar aqui...

– Mas espere; veja, ele acaba de chegar!

– Oh, Tirésias! Salve a cidade da completa destruição! – gritaram os anciãos.

Imediatamente abriram caminho para o adivinho cego passar. Tirésias era guiado por uma criança e, ao aproximar-se, Édipo lhe disse:

– Venha, Tirésias, a cidade precisa de você mais do que nunca, pois você sabe do conhecido e do desconhecido. E ainda que não possa enxergar, está sentindo como nós a desgraça que nos atingiu. Há pouco tempo recebemos um oráculo de Delfos que diz que, se quisermos nos salvar da praga divina, devemos encontrar os assassinos de Laio e puni-los com a morte ou com a expulsão para longe deste país. Por isso nós o chamamos para que você nos diga se sabe algo, graças ao poder da sua arte divinatória. Pedimos que não se negue a nos revelar o que sabe. Em você, honorável adivinho, depositamos agora nossas esperanças. E esperamos a salvação da cidade através de suas habilidades. Ajude-nos a afugentar a sombra poluta de nosso país, pois não há trabalho mais valioso do que fazer o bem ao povo servindo-se de todos os conhecimentos e forças.

TIRÉSIAS SABE QUEM É O CULPADO

O grande adivinho ouviu o pedido de Édipo taciturno e de cabeça baixa.

– Ai de mim! – gritou. – Que coisa horrível é o conhecimento da verdade quando nada lhe ajuda sabê-la! Eu devia ter imaginado o que você ia me perguntar e, então, evitaria vir até aqui!

– Surpreende-me o que você diz! – exclamou Édipo. – Eu acreditava que me ajudaria de bom grado!

– No entanto, prefiro voltar para a minha casa! Será melhor para você e para mim!

– As palavras que você diz não são nada agradáveis para a cidade que o nutriu, Tirésias!

– Mas, se eu disser o que sei, você estará perdido! E para não acontecer o mesmo comigo, é melhor eu ir andando.

– Em nome dos deuses, fique! Todos aqui lhe pedimos, caímos aos seus pés como suplicantes!

– É justamente porque não sabem! Mas eu jamais revelarei a pavorosa verdade. Aliás, nem é preciso que você a descubra através de mim.

– O que está dizendo, Tirésias?! Sabe a verdade e não vai nos contar?! Quer dizer que pode salvar esta cidade e não o fará!

– Não quero desagradá-lo nem a mim. Portanto, não me pergunte mais nada, porque não lhe darei nenhuma resposta!

– Então este é você: o mais miserável entre os miseráveis, um sujeito teimoso e de coração duro!

– Você diz isso porque não vê a sua própria teimosia.

– Até as pedras se levantariam, Tirésias, se o ouvissem falar desse jeito, sem piedade alguma desta cidade...

– Não se zangue, Édipo, pois ficará sabendo de tudo o que deve saber, mesmo que eu não lhe diga.

– Ora, e por que não me conta logo, se ficarei sabendo de qualquer modo?

– Não devo. Pode se zangar à vontade... mas não pense que assim me obrigará a dizer o que não quero.

– Pois bem, agora você me fez perder a paciência! Pensa que não percebo que você sempre me evita? Mas agora compreendo por que razão não quer falar. É cúmplice nesse crime! E se não fosse cego, eu diria que você, com suas próprias mãos, matou Laio, pois, pelo que vejo agora, é capaz até de coisa pior!

– Ah, é mesmo? Então tem a audácia de proferir tais palavras, quando é você o miasma que infecta este país?

TIRÉSIAS DENUNCIA ÉDIPO

– Não tem vergonha de falar assim com seu rei? Ou será que pensa que assim irá escapar?

– Agora não há razão para eu tentar escapar. Já disse a verdade.

– E onde é que foi buscar essa verdade? Sim, porque certamente ela não lhe foi revelada pela arte divinatória...

– Você me levou a isso. Se acabei dizendo, foi apenas porque você me provocou.

– E o que foi que disse? Vamos, repita para que todos possam ouvir.

– Quer dizer que você não entendeu? Ou quer que eu diga mais claramente?

– O que entendi foi que você me insultou de maneira extremamente torpe.

– Não foi um insulto. Disse a verdade. E agora vou repeti-la para você, como se deve. Pois bem, eu digo que o assassino que procura é você mesmo.

– Patife! Insulta-me pela segunda vez pensando que ficará impune?

– E tenho coisas a dizer que o deixarão mais zangado ainda.

– Diga quantos absurdos quiser. É um esforço vão.

– Digo que você se uniu à sua parente mais próxima e não percebe que está vivendo a chafurdar na lama.

– E você acredita que se divertirá por muito tempo proferindo tais desaforos?

– Você não poderá me fazer mal, se é que a verdade tem algum poder.

– A verdade tem muito poder, mas não para alguém que é cego não só dos olhos, mas dos ouvidos e da razão.

– Logo todos saberão qual de nós dois é o mais cego...

– Você vive numa profunda escuridão. Eu teria pena se não visse que você também é bem malicioso. Mas diga-me: você inventou essas calúnias sozinho ou com a ajuda de Creonte?

– O que disse? O que Creonte tem a ver com isso? Você afundou sozinho no lodo!

– Ah, poder real! Quanta inveja não nasce por sua causa! Sim, as coisas são assim. Que rei, que herói não tem inimigos cheios de inveja? Vejam o que está acontecendo agora. Evidentemente trata-se de uma conspiração! Meu cunhado Creonte, enquanto se faz de meu amigo, vai abrindo a minha cova, usando como instrumento esse mago pérfido que só pensa em lucrar e cuja "arte" é pura charlatanice! Vamos, adivinho falaz, diga-me:

quando foi que fez alguma previsão correta? Como é que, quando a Esfinge estava arrasando esta terra, você não pôde responder corretamente ao enigma, com todo o poder divinatório que dizem que possui? Não pôde dar uma resposta certa para salvar essa gente! Ao passo que eu, sem qualquer conhecimento de profecias, e sim graças ao intelecto que os deuses me concederam, calei a boca do monstro. E agora, obedecendo a Creonte, e julgando que terá mais poder quando ele se tornar rei, você faz o que pode para tirar do caminho o homem que salvou toda essa gente! Mas os dois vão se arrepender amargamente. Ele, por planejar tudo, e você, velho insensato, por segui-lo!

– Nós acreditamos que tanto as palavras de um como as do outro foram ditas no calor da ira e não merecem que prestemos atenção a elas! – disse, então, o coro de anciãos. – Devemos nos preocupar somente com uma forma de encontrar o que o deus nos exige.

– Sim – disse Tirésias –, mas os insultos merecem resposta. E eu tenho esse direito, porque não sou escravo de Édipo, mas sim um humilde servo de Apolo. Digo-lhe, então, uma vez que escarneceu de mim por eu ser cego, que é você que não vê em que decadência caiu. Não vê sequer de quem é o trono em que você senta, nem com quem está dividindo o leito. Por acaso você sabe quem são seus pais? Chegou a pressentir que é você o inimigo da sua gente, dos que se encontram nas profundezas do Hades e dos que vivem sobre a Terra? Será que imagina a maldição que cairá sobre sua cabeça e o mergulhará, a você que agora enxerga, na densa escuridão? E saberia, ainda, que seus gritos lancinantes ecoarão por sobre a cidade quando você descobrir quem era aquele que matou, com que mulher você se casou e que seus filhos não são apenas seus filhos? Agora, enquanto ainda pode, insulte-me, a mim e a Creonte, porque logo terá caído mais baixo do que qualquer outro já caiu!

– Charlatão, é melhor você ir embora e não voltar mais, já que veio aqui para me perturbar desse jeito!

– Foi você que me chamou, Édipo.

– Porque não imaginava que fosse me dizer essas sandices.

– Aos seus olhos posso ser um tolo, mas os que o geraram sempre me viram como um homem sensato.

– O que quer dizer agora? Quem afinal me trouxe ao mundo?

– Quando você souber, estará perdido para sempre.

– Fale claro, Tirésias!

– Ora, você, um sábio, não consegue entender o que digo?!

– E ainda por cima zomba de mim! Quer dizer que para você eu não valho nada? Ou será que é mentira que subi a este trono graças à força de meu intelecto?

– Para dele despencar como nenhum outro rei já despencou.

– Que eu seja derrubado! Para mim, basta haver salvado a cidade!

– Você há de amaldiçoar o dia em que nasceu... mas é melhor eu ir. Menino, venha me guiar.

– Vá embora, finalmente! Vire as costas de vez para mim e que eu não o veja mais na minha frente!

– Irei, mas já que você me provocou lhe contarei tudo! Pois bem, digo-lhe que o assassino de Laio está aqui, na minha frente, e não é estrangeiro, mas tebano, coisa que nada lhe agradará quando souber. E embora outrora pudesse ver, fosse rico e poderoso, irá, por fim, vagar por terras estrangeiras, cego, pobre e fraco, de bengala na mão, a tatear o caminho. Porque descobrirá que é ao mesmo tempo pai e irmão de seus filhos, marido e filho da esposa, havendo matado o pai e maculado seu leito. Quando entrar no palácio, pense em tudo isso. Se achar que sou mentiroso, aí então poderá dizer que não conheço nada da arte divinatória.

Assim dizendo, estendeu a mão para a criança que o guiaria. Quando Tirésias foi embora, Édipo entrou no palácio, enquanto as palavras do grande adivinho ecoavam em sua mente sem, porém, que ele imaginasse o quanto eram proféticas. O coro dos anciãos, surpreso com o que ouvira, não podia mais se calar:

Como acreditar, como aceitar
que Édipo é um homem mau?
Que nosso rei é o miasma,
que nosso rei é que envenena a cidade?
Como acreditar, uma vez que ele,
apenas com a força do intelecto,
abateu o mal que devastava esta terra?
Enfim, como chamá-lo de traidor
e recusar-me a única esperança,
a única que tenho, de que,
por mais esta vez,
nossa cidade se salve?

Respeitável é o adivinho,
entretanto só Zeus e Apolo
conhecem mesmo a sina dos mortais.
Todo adivinho, sendo mortal também,
pode errar, como todo o mundo.
E a sabedoria supera a adivinhação.
Isso os séculos provam
e é nisso que também creio.
Portanto, Édipo, entre meus pensamentos
não há nenhum contra ti!

Mas eis que, mal o coro acabou de cantar, surgiu Creonte:

– Cidadãos de Tebas, chegou aos meus ouvidos que o rei proferiu acusações incríveis contra mim. Vim aqui para saber se isso é verdade.

– Sim, é verdade – respondeu o mais eminente entre os anciãos –, todavia o que disse foi no calor da ira, sem pensar.

– Sim, mas se ele disse que eu tramei com o adivinho para que este lhe fizesse uma falsa profecia, é uma terrível acusação a que pesa sobre mim e todos me julgarão um conspirador. Mas é verdade que ele disse tais coisas?

– Não sei com que intenção ele as disse... mas, veja! Lá vem ele!

ÉDIPO ACUSA CREONTE

– Ei, você! – gritou Édipo. – Como ousa vir até a minha porta, você, que sem se envergonhar, faz-se de amigo ao mesmo tempo em que cava o meu túmulo? Ou pensa que eu não perceberia o seu plano abominável e você ficaria impune? Mas, afinal, você é tão insensato a ponto de julgar que poderia me tomar o poder? Poder este que o povo não entrega ao primeiro que aparece, mas a quem tem nobreza, cérebro e força!

– Édipo, você me acusa sem sequer me escutar!

– Porque sei que você saberia muito bem usar de palavras manhosas para tentar me enganar!

– Todavia, você deve me ouvir.

– Para você me dizer que não é um malfeitor?

– A teimosia é má conselheira!

– Eu tenho provas!

– Então, me diga quais são.

– Você forçou-me ou não a chamar o seu respeitável adivinho?

– E fiz bem.

– Então, diga-me agora: há quanto tempo Laio desapareceu?

– Muitos anos.

– E nessa época Tirésias já era adivinho?

– Sim, e era tão respeitado como agora.

– Naquela ocasião ele disse alguma coisa a meu respeito?

– Não que eu saiba.

– E vocês não fizeram uma investigação para encontrar o assassino de Laio?

– Como já lhe disse, fizemos, mas não descobrimos nada.

– E como o seu sábio amigo Tirésias não adivinhou naquela ocasião quem era o assassino?

– Isso eu não sei...

– Por que adivinhou só agora?

– O que ele diz agora? Nem isso sei.

– Diz o que vocês tramaram, ou seja: que eu matei Laio!

– Se foi isso que ele disse, é você que está me contando. Mas creio que também tenho o direito de perguntar uma coisa.

– Pergunte o que quiser, mas não poderá me fazer passar por um assassino.

– Eu sou ou não o irmão da rainha?

– Não poderia aqui negar esse fato.

– E ela tem o mesmo poder que você sobre a cidade?

– Ela obtém de mim o que deseja.

– E, depois de vocês dois, eu não sou o mais poderoso e honrado da cidade?

– Sim, até agora, quando demonstra ser um amigo infiel.

– De maneira alguma! Isso seria absurdo! Pense um pouco: o que é preferível? Governar com medo ou dormir tranqüilo, tendo o mesmo poder? Eu, por natureza, sou daqueles que preferem a segunda opção. Não tenho tudo o que quero? Agora todos me cumprimentam com respeito e aqueles que precisam de algum auxílio seu vêm primeiro até mim, pois é por meu intermédio que conseguem o que desejam. Então, por que eu deixaria de lado tudo o que tenho para ir em busca de outras coisas e, ainda por cima, para tornar-me um homem perverso? Entretanto, para você se convencer de que penso assim, só lhe resta ir ao oráculo perguntar se lhe trouxe a mensagem tal e qual a recebi. Se eu a tiver modificado, se estiver conspirando contra você, então me mate! Somo desde já o meu próprio voto aos votos de condenação! Digo-lhe isso tudo na condição de amigo, porque não se deve chamar os maus de bondosos nem os honrados de infames. E ai daquele que repele seus amigos mais fiéis!

– Ele falou corretamente, majestade – disse o ancião mais eminente. – Não tome tão rápido uma decisão, pois com a pressa grandes erros são cometidos.

– Sim, mas quando um corre e o outro se atrasa, não é difícil adivinhar quem ganha e quem perde...

– Então, fale o que quer – disse Creonte. – Por acaso quer me expulsar do país?

– Algo pior, digno dos traidores.

– Você só pode me matar se provar isso que diz.

– Você vem me dizer o que fazer? Você, que se rebelou contra aquele a quem deve respeito e obediência?

– Porque vejo que não está raciocinando direito.

– Pois lhe digo que agora é que estou raciocinando bem, ao perceber que você é um corrompido de nascença!

– E se você estiver incorrendo em um grave erro?

– Ainda assim você me deve obediência.

– Não me submeterei à injustiça!

– Vocês estão escutando o que ele diz! – gritou Édipo aos presentes.

– Eu também tenho poderes, não só você!

– Nobres senhores, acalmem-se! – disse o primeiro entre os anciãos. – Aí vem a rainha Jocasta, e bem na hora, felizmente! Tentem, com a ajuda dela, resolver a sua diferença.

– Por que, infelizes, armaram uma discussão dessas, exaltando os ânimos justamente quando o país inteiro é abatido por uma terrível catástrofe? – disse, então, Jocasta. – Por que você, Édipo, não entra no palácio e se acalma? E quanto a você, Creonte, vá para casa, pois não falta muito para o pior acontecer.

– Minha irmã, o rei, seu marido, anda agora querendo a minha morte! – disse Creonte.

– Porque o surpreendi em sua conspiração para me destronar! – justificou-se Édipo.

– Juro pelo grande Zeus! Que os deuses me amaldiçoem se fiz ou mesmo pensei em algo assim!

– Respeite o que ele diz, Édipo, pois se trata de um juramento muito sério! Contudo, pense também em mim e nesses senhores que merecem o seu respeito – disse a rainha.

– Todos lhe rogamos, ó rei, que pense com sensatez! – disse o primeiro ancião.

– E por que devo reconsiderar?

– Porque o homem jurou solenemente – redargüiu.

– Quer dizer, então, que você quer a minha ruína?!

– Não, pelo deus Sol! Que eu tenha a pior das mortes se uma idéia dessas sequer me passou pela cabeça! Porém, minha alma não pode suportar ver esta terra cumulada de mais desgraças! – replicou o coro dos anciãos.

– Que seja. Eu lhes darei ouvidos porque me pedem com palavras cheias de dor. Não importunarei Creonte, ainda que por isso eu morra ou seja expulso e desonrado. Todavia, odiarei este homem mesmo quando estiver nas profundezas do mundo inferior!

– Está reconsiderando a questão contra a vontade, pelo que posso ver – disse Creonte. – Porém, lamentará muito tudo isso quando sua raiva passar, pois não é um homem mau. Pessoas como você se castigam sozinhas.

– Chega! Vá embora, pois não posso mais nem olhar para você!

– Estou indo, mas enquanto você comete uma injustiça contra mim, esses anciãos têm compaixão pela minha pessoa.

Tendo dito isso, Creonte afastou-se rapidamente, mas ainda fervendo por dentro de tanta indignação. Então, disse Jocasta:

– Meu senhor, diga-me, em nome dos deuses, por que ficou tão zangado?

– Eu lhe direi porque a estimo mais do que a todos. Você verá o quanto Creonte revelou-se infiel!

– Fale logo, quero saber por que o acusa.

– Acuso-o de calúnia e conspiração! Disse que sou eu o assassino de Laio!

– Ele disse uma coisa dessas?

– Enviou-me um falso adivinho para dizê-lo...

– Eu lhe diria – interrompeu Jocasta – que não há mortal que realmente conheça a arte divinatória. E, para convencê-lo disso, vou lhe contar uma coisa: certa vez Laio recebeu uma mensagem do oráculo – não posso dizer que era de Apolo, mas sim de seus sacerdotes – que dizia que ele seria morto pelo próprio filho, e, no entanto, segundo disseram, foi assassinado por ladrões em uma encruzilhada. Quanto ao filho, menos de três dias após seu nascimento, Laio o amarrou pelos tornozelos e o entregou para que o abandonassem em uma montanha inacessível. E foi o que aconteceu. Assim, o deus não permitiu nem que o filho se tornasse o assassino do pai, nem que os medos de Laio se concretizassem. Por isso, não dê ouvidos a profecias ou adivinhações e saiba que, mais dia menos dia, aquilo que os deuses não querem que permaneça oculto sempre vem à luz!

A VERDADE COMEÇA A APARECER

– Mulher! Isso que ouvi me trouxe tanta inquietação à alma e tanto desassossego à mente!

– Mas o que foi que eu disse para você ficar assim?

– Creio que disse que o assassinato de Laio deu-se em uma encruzilhada...

– Sim, é o que disseram na época. E o que se diz ainda hoje.

– E onde fica essa encruzilhada?

– No ponto em que o caminho para Delfos se encontra com o caminho para Dáulis.

– E quanto tempo se passou desde que ocorreu o incidente?

– Laio foi morto pouco antes de você subir ao trono de Tebas.

– Oh, Zeus! O que foi que você reservou para mim?!

– Mas o que é que está lhe causando tanta aflição?

– Não me pergunte mais nada! Fale-me apenas de Laio, a idade que tinha quando morreu, qual a sua estatura...

– Era alto. Os cabelos mal começavam a encanecer e não tinha uma aparência muito diferente da sua.

– Ai de mim! Desgraçado que sou! Parece-me que as pragas que roguei há pouco cairão todas sobre mim!

– Meu marido, o que está dizendo? Seu olhar me assusta!

– Temo que o adivinho enxergue mais do que eu! Porém, diga-me ainda uma coisa...

– Eu lhe direi tudo o que me perguntar, mas não me assuste assim!

– Diga-me, quantos estavam com ele?

– Cinco, contando com o que se salvou. Estavam em uma carruagem.

– Ai de mim! Agora tudo está claro, e a notícia, logicamente, foi trazida por esse que se salvou!

– Sim, ele era um escravo nosso.

– E por acaso está aqui no palácio agora?

– Não, porque quando você se tornou rei ele me implorou que o enviasse à planície, às pastagens, longe da cidade. Atendi ao pedido, pois era um bom escravo.

– Ele poderia vir aqui imediatamente?

– Mandarei alguém chamá-lo, mas o que você pode querer com ele?

– E ainda pergunta? Eu já não disse o suficiente para você desconfiar o que posso querer com ele?

– Ele virá. Posso, porém, saber o que lhe atormenta a alma?

ÉDIPO DESCONFIA DE ALGO E JOCASTA FICA INQUIETA

– Sim, não há no mundo alguém que tenha mais direito que você de saber como vim cair em tamanha desgraça! Portanto, não lhe esconderei nada. Meu pai é Políbo de Corinto e minha mãe, Mérope. Todos os meus concidadãos me consideravam um homem de valor, até que tudo mudou por causa de um incidente estranho, eu diria, ao qual eu não devia ter dado tanta importância. Durante festividades, um bêbado disse que eu não era filho verdadeiro de meu pai. Tendo dado a ele a resposta merecida, no dia seguinte chamei meus pais de lado e lhes perguntei se aquilo que ouvi não seria verdade. Eles ficaram muito zangados com aquele homem que me insultara tão desavergonhadamente. De minha parte, vendo-os tão irados, fiquei muito contente. Entretanto, um grão de desconfiança havia se instalado dentro de mim e me fazia ficar inquieto. Desse modo, decidi ir consultar o oráculo de Delfos escondido de meus pais. Ao que perguntei, Apolo não respondeu, mas revelou-me que eu carregava comigo uma pesada maldição: que me tornaria assassino de meu pai, me casaria com minha mãe e teria filhos que os olhos dos homens não suportariam ver. Eu, então, calculando com a ajuda dos astros a direção de Corinto, fui para longe, na direção oposta, para que as terríveis profecias não viessem a se realizar. Assim fugindo, cheguei ao local em que você me disse que Laio foi morto. Eu lhe contarei tudo exatamente como aconteceu. Pois bem, nessa maldita encruzilhada, encontrei um arauto e, atrás dele, vinha um nobre carro de quatro rodas, puxado por cavalos jovens. Sobre o carro sentava-se um homem que correspondia à descrição que você me deu, vestido nobremente. Quando me aproximei, o cocheiro e o próprio nobre exigiram, com soberba e insultos, que eu saísse do caminho. Senti-me ofendido e, por isso, em vez de me afastar, passei ao lado do carro. A estrada era estreita e, quando eu ia passando ao lado, o mais velho deles, que estava à minha espreita, chicoteou-me bem no rosto. Porém, seu castigo foi pior do que o que me fez: para me defender, eu o golpeei, com toda a força, com meu cajado. Ele caiu do carro de costas sobre as pedras, e lá ficou. Em seguida, matei todos os outros que se atiraram sobre mim. Agora, se esse nobre era Laio, haverá homem mais infeliz e mais odioso aos deuses do que eu? E pensar que eu mesmo proferi maldições tão pesadas contra o assassino de Laio? "Que ninguém o acolha nem o cumprimente, mas que todos o expulsem, pois ele é o miasma que infecta o país!" E eis que esse homem sou eu! E não apenas assassinei o rei, como também lhe maculo a mulher, com as mesmas mãos que tiraram a vida dele! Agora, como criminoso e ímpio que sou, nada me resta a não ser ir embora, deixando também esta pátria, assim como deixei a primeira. E a Corinto não posso voltar, pois temo que o oráculo se realize e eu mate meu pai e me case com aquela que me trouxe ao mundo! Só o que peço agora aos deuses é que não me permitam continuar a viver se houver outros horrendos males destinados a me macular! Mas que cruel divindade tanto me persegue?

Muito abalada com tudo o que ouvira, Jocasta não sabia o que dizer. Os anciãos, surpresos, também permaneceram mudos, até que o mais respeitável de todos eles quebrou o silêncio:

– Senhor meu rei, não perca de todo a esperança antes de chegar esse homem que viu o crime.

– Sim, tenho até uma pequena esperança, enquanto não chega o pastor para destruí-la por completo...

– Esperança de que, infeliz? – perguntou Jocasta.

– Se ele narrar os fatos como você narrou, então não sou eu o miasma.

– E o que eu disse que o leva a pensar assim?

– Você disse que Laio foi morto por ladrões. Portanto, se o pastor disser que foram vários que o mataram, não sou o homem que procuramos, pois é claro que há diferença entre um homem e muitos homens!

– Mas foi exatamente isso que ele disse. E nem é possível que venha a dizer outra coisa agora, pois foi diante de muita gente que contou essa história. Porém, se acaso disser algo diferente desta vez, ainda não há nada que indique que você foi o culpado. Afinal, Apolo proferiu um oráculo muito claro segundo o qual Laio encontraria a morte pelas mãos do filho. Mas esse filho, pobrezinho, morreu antes. Eis o porquê de eu não dar importância a adivinhações.

– O que você diz faz sentido, mas mande chamar agora o pastor!

– Sim, mandarei chamá-lo agora mesmo. Vamos entrar e pedir a um criado que vá buscá-lo.

Dizendo isso, entraram os dois no palácio, enquanto os respeitáveis anciãos, perturbados com tudo o que ouviram, começaram a dizer:

Feliz aquele cujo destino escrito pelas Moiras
é viver acompanhado da virtude e da pureza.
Este é sempre protegido pelas leis
criadas pelos deuses nas alturas do Olimpo.
Afinal, as leis que jamais se apagam
são as leis supremas, e jamais escritas!

Insolência e impiedade fabricam o tirano
e se muitas honras a ele concedem,
e se o alçam ao mais alto cume,
é só para lançá-lo ao precipício mais profundo,
onde pés de gente não ousam pisar
e onde salvação não existe.

E quem, com arrogância e atos profanos,
toma o caminho do mal
sem temer a justiça divina,
que seja horrivelmente castigado.
E castigo ainda pior recaia sobre aquele
que ousa estender a mão sacrílega
sobre o que é sagrado e intocável!

Como me postar com respeito
diante do oráculo do deus
e como lhe pedir ajuda
se uma a uma as profecias falham?

Zeus, nosso pai!
Se és em verdade todo-poderoso
e se és tu que tudo governas,
mostra agora o teu poder,
pois as profecias sobre Laio desbotaram,
a Apolo não honram mais em parte alguma
e – ai de nós! – vai-se perdendo a fé nos deuses!

Os anciãos terminaram de falar no momento em que Jocasta saiu do palácio. Trazia ramos em sinal de súplica e era acompanhada de jovens criadas que levavam oferendas para os deuses.

– Venerandos anciãos deste país – disse ela – julguei que é correto fazer um pedido aos deuses com ramos e incenso, pois o rei se encontra em estado de grande perturbação e embaraço. Acreditou em todas as profecias que ouviu, em vez de examinar o passado para julgar o que está acontecendo no presente. E, já que não consigo convencê-lo pela lógica, peço a Apolo que nos ajude, apresentando uma solução que nos salve a todos.

UMA MORTE "DESMENTE" O ORÁCULO

Enquanto Jocasta depositava sua oferenda no altar, chegou um estrangeiro que, ao aproximar-se dos anciãos, disse:

– Respeitáveis senhores, será este o palácio de Édipo? Tenho grande necessidade de falar com o rei.

– É este o palácio, estrangeiro, e ele está em casa – respondeu o líder dos anciãos. – Mas aqui está a rainha Jocasta, mulher dele e mãe de seus filhos.

– Desejo, honorável rainha, que seja feliz e que felizes sejam também os que estão à sua volta!

– O mesmo desejo a você, estrangeiro, pois o merece por suas boas palavras. Diga-me de onde vem e o que o traz à nossa cidade.

– Venho de Corinto trazendo notícias que creio que lhes darão alegria e não tristeza. Édipo se tornará rei de Corinto, pois o velho Pólibo já não está mais entre nós.

– Quer dizer que Pólibo morreu? – disse Jocasta, surpresa.

– Que eu pereça se estiver faltando com a verdade.

– Ande, minha filha, vá contar isso ao seu senhor – disse a rainha a uma das criadas. – Ah, profecias divinas, onde é que estão agora? O homem que Édipo temia matar morreu de morte natural e não pela mão do filho!

Édipo imediatamente apareceu:

– Diga-me, minha amada esposa, por que me chamou? E quem é esse estrangeiro?

– Esse homem veio de Corinto para nos dizer que seu pai, Pólibo, morreu.

– O que disse, estrangeiro? Diga novamente, quero ouvir de seus lábios!

– Então repito, e que todos fiquem sabendo: Pólibo está morto.

– E morreu de que? – perguntou Édipo. – Doença ou assassinato?

– Um velho corpo facilmente adoece.

– Quer dizer que uma doença lhe tirou a vida?

– Sim, nada mais natural na idade dele.

– Meu pobre pai – disse Édipo – jaz agora sob a terra sem que eu tenha tocado a espada do homicídio, a menos que tenha morrido de saudade de mim... Mas, seja como for, levou consigo, na avançada velhice, os oráculos que nos atormentavam e aos quais não devíamos ter dado atenção!

– Eu não lhe disse, Édipo? – acrescentou Jocasta.

– Sim, foi o que você me disse, mas eu estava dominado pelo medo.

– Então agora espante esse medo de sua mente.

– E não devo ter medo de vir a desposar minha mãe?

– Mas será que ainda não está convencido de que tudo acontece ao acaso? Embora não haja ninguém que possa ver o futuro sem erro, você fica a temer um casamento com sua própria mãe? Ou será que são poucos aqueles que, em sonho, dormiram com a mãe? Alguma vez tais sonhos se tornaram realidade? Então, ouça mais uma coisa que vou lhe dizer: os que não dão importância a profecias passam a vida sem angústias!

– O que diz é bastante razoável, mas e se o oráculo se realizar?

– A morte de seu pai ainda não o convenceu do contrário?

– Ainda não. Até que minha mãe também tenha morrido, tenho o dever de ser cauteloso.

– Mas esperem um pouco – interveio o estrangeiro. – De que mulher estão falando com tanto medo?

– Se você não sabe, estrangeiro, digo-lhe que minha mãe é Mérope.

– Sei de muitas coisas, mas desconheço a razão do seu medo.

– Há um terrível oráculo enviado pelos deuses.

– Será que posso saber o que diz?

– Claro que sim. Certa vez Apolo disse-me que está escrito que tirarei a vida de meu pai e me casarei com aquela que me gerou. E saiba ainda que é esse o motivo pelo qual parti de Corinto, embora não o desejasse, pois é muito doce ver os olhos de nossos pais.

– Quer dizer, então, que é por isso que você partiu para longe?

– Sim, para não me tornar o assassino de meu pai.

– Pois, então, que isso não o atormente mais, pois eu posso livrá-lo de seus temores!

– Se conseguir fazer isso, o recompensarei muito bem.

– Aceitarei de bom grado. Além do mais, se vim até aqui, foi também para receber alguma recompensa quando você retornasse a Corinto.

– Jamais voltarei ao lugar onde nasci enquanto algum de meus pais ainda estiver sobre a terra!

– É porque você vive em completa ignorância!

– É porque tremo de medo de que se realize a profecia de Febo!

– A profecia que diz que você cairá em pecado com seus pais?

– Sim, é esse o meu eterno medo.

– E se eu, um pobre pastor, dissesse que você não tem pai nem mãe em Corinto, acreditaria?

– Está querendo dizer que meu pai não é Políbo? – disse Édipo, atônito.

Porém, igualmente perplexa estava Jocasta.

– Políbo é seu pai tanto quanto eu!

– Mas ele dizia que eu era filho dele!

– Porém, chegou a hora de saber que eu entreguei você a ele.

– Você? E todo o carinho, todo o amor que tanto ele como Mérope demonstravam ter por mim?

– Certamente porque eles nunca puderam ter filhos.

– O que você me diz me parece inacreditável... Mas fale-me, onde você me encontrou?

– Em uma ravina arborizada do Citéron.

– Mas será verdade? – indagou, perplexo, o coro dos anciãos.

– Ai de mim se for verdade! – balbuciou Jocasta, sem que fosse ouvida.

Mas Édipo insistia no funesto interrogatório:

– E em que estado você me achou?

– Quando o apanhei você tinha os pés amarrados e furados nos tornozelos.

As últimas palavras do estrangeiro atingiram Jocasta como uma punhalada, mas ninguém percebeu.

– Ai, a marca da vergonha me acompanha desde a tenra infância! – disse Édipo.

– Foi por isso que recebeu o nome de Édipo, "o que tem pés inchados"! – acrescentou o estrangeiro.

– E quem foram aqueles que me causaram tanto mal? Meu pai ou minha mãe?

– Isso não sei. Talvez, contudo, o homem que o entregou a mim saiba.

– E quem é ele, você sabe?

– Um escravo, um pastor de Laio.

– E agora quem vai poder nos dizer quem era o pastor de Laio no Citéron naquela época?!

– É o mesmo que você pediu que viesse aqui – disse um dos anciãos – mas a rainha sabe melhor do que todos.

– Ai, Édipo! Édipo! – disse Jocasta, cheia de aflição. – Não dê importância a essas palavras e esqueça-as, para o seu próprio bem!

– Isso não é possível. Já que encontrei essas pistas devo prosseguir na investigação para descobrir minha origem, seja lá qual for!

– Não, Édipo! Pelos deuses! Não procure mais, se tem amor à sua vida! A minha dor já é suficiente!

– Não se aflija, Jocasta, pois você não tem culpa de nada, ainda que hoje eu descubra que nasci escravo.

– Ouça-me e pare com isso que está fazendo!

– Não! Preciso saber quem sou!

– Pelo seu próprio bem, infeliz! Ouça a voz da razão!

– E, no entanto, essa voz da razão só me traz dor!

– Desgraçado, tomara que jamais saiba quem é na verdade!

– Basta, mulher! Só quero que alguém vá depressa buscar o pastor!

– Ai! Você não tem mais salvação, infeliz! Ouviu agora minhas últimas palavras! – e, dizendo isso, Jocasta fugiu como que enlouquecida e entrou no palácio.

– Senhor meu rei, por que a rainha saiu daqui tão abalada? – perguntou o líder dos anciãos. – Tenho medo de que um grande mal esteja para acontecer...

– Que aconteçam todos os males que estão para acontecer! Preciso saber qual é a minha origem, por mais humilde que seja! Jocasta, porém, mulher orgulhosa que é, tem vergonha e eu a compreendo... mas não acho que seja motivo de vergonha eu ser um filho da sorte. Esta é que foi minha mãe. Se, num primeiro momento, fez-me pequeno e insignificante, mais tarde tornou-me grande e poderoso. Hoje sou o que sou, não vou me tornar uma pessoa diferente. Devo saber qual é a minha origem.

Então os anciãos, encorajados pelas palavras de Édipo, espantaram o temor de seus corações e, a uma só voz, começaram a cantar:

Se eu fosse adivinho infalível
e minha mente percebesse algo,
eu diria, pelo Olimpo,
que, com a lua cheia de amanhã,
cantarei pela alegria de Édipo,
de quem o Citéron foi pátria, mãe e nutriz.
E após o canto, com os votos de Febo Apolo,
dançarei pelas alegres notícias
da grande e inesperada vitória.

Que nereida, meu senhor, haverá lhe dado à luz?
E que deus será o seu pai?
Talvez Pã, que vagueia pelos montes?
Ou Apolo, que tanto adora as amplas pradarias?
Ou talvez ainda Hermes, que veio ao mundo
nas florestas de Cilene?

A menos que seu pai seja Baco,
que às ninfas do Hélicon gosta de unir-se
à beira dos regatos sombreados
onde as águas murmuram...

Entretanto, Édipo, cujo pensamento voltava-se para outras coisas, gritou:

– Anciãos, vejam quem vem lá! Acho que é o pastor, pelo que sua idade me sugere. E também reconheço os meus homens que foram buscá-lo.

– Sim, é ele mesmo – respondeu um dos anciãos. – Era o pastor mais fiel de Laio.

– E você, amigo de Corinto, o que diz? É ele? – perguntou Édipo ao estrangeiro.

– Sim, é esse homem que você vê.

Amedrontado e de cabeça baixa, o pastor se aproximou. Édipo, vendo-o, logo percebeu que realmente tinha diante dos olhos aquele que havia se salvado na maldita encruzilhada.

– Ei, você, velho! – gritou. – Olhe-me nos olhos e responda a tudo que lhe perguntar. Alguma vez você foi escravo de Laio?

– Sim, meu senhor. Mas não me compraram, cresci aqui.

– Qual era o seu trabalho?

– A maior parte do tempo eu levava a pastar os rebanhos de meu rei.

– E a que lugares você os levava?

– No Citéron e arredores.

– Este homem aqui, que você está vendo, alguma vez já se encontrou com ele?

– O que ele tem a ver comigo? – disse o pastor, amedrontado, sem desviar o pensamento do assassinato ocorrido no cruzamento.

Depois, porém, quando seus olhos pousaram no estrangeiro de Corinto, disse desconcertado:

– Mas a que homem o senhor meu rei se refere?

– Não a mim, certamente – respondeu Édipo, percebendo o motivo da confusão do pastor. – Falo deste homem aqui. Pergunto se você se lembra de já o ter encontrado algum dia.

– Não me lembro... não posso dizer nem que sim nem que não...

A DRAMÁTICA CONSTATAÇÃO

– Majestade, é muito natural que ele não se lembre de mim – disse, então, o estrangeiro – mas permita que eu o faça lembrar, pois não deve ter esquecido de que nos encontramos no Citéron por três verões inteiros, ele com dois rebanhos e eu com um. E quando vinha o inverno, eu conduzia meus animais aos abrigos de Políbo e ele, por sua vez, conduzia os seus aos cercados de Laio. Agora me diga, amigo, se isso aconteceu de fato ou não.

– Sim, você diz a verdade, mas faz muito tempo.

– Agora me diga: você se lembra de que me entregou um bebê para criar como se fosse meu?

– Mas o que está acontecendo? O que você pretende com isso?

– Refiro-me a esse fato, meu caro, porque é este homem o bebê que salvamos certa vez.

– Acho melhor calar a boca!

– Ei, não brigue com ele, velho – disse Édipo –, afinal são as suas palavras, e não as dele, que merecem castigo.

– Mas por que, nobilíssimo rei?

– Porque não está respondendo sobre a criança de que ele lhe falou.

– Mas esse homem fala sem saber! Está gastando seu verbo!

– Porém você, que sabe, se não falar por bem falará por mal!

– Pelos deuses! A mim, um velho, você quer torturar?

– Alguém amarre as mãos dele atrás das costas!

– Ai, que desgraça a minha! Mas o que deseja saber de mim?

– É verdade que você lhe entregou uma criança?

– Ai, deuses! Por que não morri naquele mesmo dia?!

– Morrerá agora, se esconder a verdade!

– Mas meu fim será muito pior se eu falar!

– Só pensa em escapar! Diga: vai contar ou não?

– Bem, sim... Eu lhe dei a criança.

– Depois de tomá-la de quem? A não ser que fosse sua...

– Não, não era minha, eu a recebi de alguém.

– De quem? Fale!

– Não, em nome dos deuses, majestade! Basta o que já disse!

– Se eu tiver de repetir a pergunta, você estará perdido!

– Bem... sim... era uma criança do palácio de Laio...

– Era um escravo ou parente do rei?

– Ai de mim! Chegou a terrível hora de eu confessar!

– E de eu ouvir!

– Pois bem! O bebê era filho de Laio, mas aquela que está lá dentro do palácio pode explicar tudo melhor do que eu!

– Por acaso foi ela que entregou a criança a você?

– Não, mas estava presente quando Laio a entregou para mim.

– Ah, pais desventurados! Mas para que eles lhe deram a criança?

– Para matá-la.

– O próprio filho? Mas é inacreditável!

– Temiam a realização de um terrível oráculo.

– E o que este dizia?

– Que um dia aquela criança mataria o pai.

– Ai, deuses! Mas diga-me por que você entregou o menino a este homem.

– Porque tive pena, majestade. Para que ele o levasse a uma terra estrangeira e o bebê se salvasse, mas, infelizmente, só se salvou para trazer grandes desgraças... Afinal, se é verdade

que é você o menino a que se refere o estrangeiro, saiba que não nasceu nenhum homem mais desgraçado neste mundo!

– Ai de mim! Eis que toda a verdade veio à luz! Luz?! Quem me dera visse agora a luz pela última vez, já que foi revelado que nasci de quem não devia, deitei-me com quem não devia, matei quem não devia!

Com a cabeça baixa e os braços caídos, arrastando os passos, Édipo entrou no palácio. Os dois pastores, como que perdidos com a terrível descoberta da verdade revelada pelos depoimentos de ambos, retiraram-se para tomar cada um o seu caminho. Do lado de fora do palácio ficaram apenas os anciãos:

– Oh, gerações dos mortais! – gritaram.

Oh, gerações dos mortais! Olhai
em que fio desprezível se pendura a nossa vida!
Pois, até hoje, não conheci um homem
que tivesse para sempre a felicidade
como sua fiel companheira!
Vejo apenas o quanto é fácil
do alto degrau da bem-aventurança
despencardes para o mais baixo
pavimento da ruína.
Vede agora o desgraçado Édipo
e dizei-me se não é verdade o que vos digo!

Era ele o primeiro entre os primeiros.
Foi ele quem derrotou a Esfinge,
que tinha as garras aduncas e armava
ciladas por meio de enigmas.
Foi ele quem, firme como torre, se manteve
para trazer a salvação aos povos.
E foi ele também que, por mérito próprio,
ganhou glória, honrarias e o trono de Tebas.
Vede agora a que ponto chegou o infeliz,
porque eu, nestes meus anos de existência,
jamais vi alguém que merecesse mais pena!

Pobre Édipo,
mas que desgraça te apanhou!
Destruíste teu pai,
maculaste-lhe o leito,
deitaste com tua mãe!
Ai, quantos anos essa cama ficou muda
enquanto os filhos que te dava eram
também teus irmãos!

Até que chegasse o tempo
da funesta reviravolta
e brilhasse, ai, a negra verdade.
Melhor que eu jamais tivesse te conhecido,
filho de Laio, porque agora
sangra o meu peito por aquele
que me deu num dia a luz
e no outro a dor insuportável!

O TRÁGICO DESFECHO

Assim que o coro terminou sua triste canção, um homem de repente saiu correndo do palácio e gritou:

– Honrados anciãos de Tebas, tomem coragem para ouvir as mais pavorosas notícias, pois agora nem o rio Istro[11] basta para limpar o palácio dos males que o atingiram!

– Ai de nós! Que mais teremos para escutar? – perguntou o mais honrado dos anciãos.

– A notícia mais dolorosa é que a divina Jocasta está morta!

– Ai, pobre infeliz! Mas o que houve?

– Matou-se com as próprias mãos! É horror atrás de horror! Porém, eu lhes contarei tudo, conforme vi com meus próprios olhos: mal ela passou pela porta e se viu dentro do palácio, então precipitou-se desenfreadamente para seus aposentos, arrancando os cabelos com ambas as mãos! Fechou com estrondo a porta atrás de si enquanto chamava por Laio, que há anos está morto. Aos prantos, amaldiçoava o leito em que a infeliz gerou um marido com o marido e mais tarde filhos com o filho. Filhos impuros. Em seguida, mais nada se ouvia e, enquanto eu temia o pior, vi Édipo entrar cambaleando, e todos o olhamos com

[11] Istro: personificação do rio homônimo (o atual Danúbio). Como todos os rios, é filho de Oceano e Tétis.

medo. De repente, pôs-se a correr de um lado para outro. Num dado momento, veio até nós e perguntou-nos onde estava Jocasta. Mas, vendo-o espumando de raiva, tivemos medo de lhe dizer. Algum deus, contudo, deve ter-lhe dito, porque, com um grito feroz, ele se atirou sobre a porta, que se escancarou. Ai, que pavoroso espetáculo vimos então! Jocasta, enforcada na viga mestra do quarto, sem vida. E o pobre infeliz, a adentrar a câmara com gritos coléricos. Afrouxou a corda e a desventurada desabou no chão. Contudo, o que vimos em seguida foi ainda mais terrível. Ele tirou de suas vestes o alfinete de ouro que as enfeitava e, com fúria, enfiou-o repetidas vezes nos olhos, dizendo: "Aqui está, meus olhos! Isso é para que não possam ver o mal que se espalhou à sua volta, mal que eu mesmo provoquei, e nem possam encarar quem não devem!" Proferindo tais maldições, o pobre homem cegou-se, tornando ainda maior o mal que se abateu sobre a casa dos descendentes de Lábdaco! Assim, a grande alegria que outrora ele tinha transformou-se em dor e escuridão, morte e desonra! Ai, não sei se há desgraças que possam ser maiores do que essas!

– E agora, o que o pobre homem está fazendo?

– Grita para que lhe abram as portas e alguém o traga para fora e exiba a todos os tebanos o parricida, o ímpio marido da própria mãe, o miasma de Tebas, aquele que atrai para si até as suas próprias maldições terríveis! Pede que o expulsemos para longe deste país. Entretanto, o infeliz necessita de ajuda, pois seu sofrimento é horrível. Mas agora vocês irão vê-lo, a porta se abre e o espetáculo é de tal natureza que até quem tivesse por ele ódio mortal se renderia à compaixão!

Realmente, ao abrir-se a porta, surgiu Édipo, e os anciãos, vendo-o, deram um passo para trás. Diante do horroroso espetáculo, não puderam se conter e disseram, em coro:

Que loucura te atingiu, infeliz,
e mais um mal veio se somar

àqueles que a ti já estavam destinados?
Ai, embora muitas coisas eu queira perguntar,
meus olhos não suportam ver-te,
tamanho é o horror que me causas!

– Ai de mim, miserável que sou! Ah, destino, como pôde me arruinar assim? Ai, nuvem negra, de que maneira odiosa estendeu-se sobre mim! Oh, dores, que minhas próprias mãos e meus próprios crimes provocaram!

– Pobre homem, realmente sua dor é dupla e duplo também o seu martírio! – disse o líder dos anciãos.

– Mas será que existe alguém que se compadeça de mim, depois de tantos atos abomináveis e funestos que eu, miserável, cometi?

– Como não ter pena, quando o vejo em meio a tanta infelicidade? Mas diga-me, como ousou suprimir a luz dos próprios olhos? Que deus o impeliu a isso?

– À desgraça inimaginável lançou-me o deus Apolo, mas, meus olhos, fui eu quem os arrancou, ninguém me forçou a isso. Afinal, não há mais nada no mundo que eu possa ver. Nada que possa ver e amar... Expulsem-me apenas, o mais rápido possível, para que eu não infecte ainda mais este país. Eu, Édipo, o mil vezes maldito, que os deuses escolheram para odiar como a nenhum outro mortal sobre a Terra!

– No entanto, sofro muito por você, pois não posso esquecer como foi bondoso para todos nós.

– Maldito seja quem me salvou da morte! Somente morto eu não teria feito mal a ninguém!

– Isso que está dizendo realmente seria o melhor que poderia ter acontecido...

– Assim, nem me tornaria assassino de meu pai, nem o marido daquela que me deu à luz... mas meu destino era tão negro que, se houvesse infortúnio maior, recairia sobre mim também!

– Mas por que, infeliz, você decidiu viver na escuridão da cegueira? Não seria melhor deixar de existir?

– Fiz o que devia. Afinal, se não suprimisse a luz de meus olhos, como poderia, quando descer ao Hades, encarar meu pai e minha mãe? Causei um mal tão grande a ambos que qualquer castigo que você sugerisse ainda assim seria insuficiente. Mas nem a cidade, nem as pessoas eu queria ver, nem as estátuas sagradas, por mais feliz que eu tenha sido um dia em Tebas. Afinal, como eu, que rogava pragas ao assassino de Laio, poderia agora olhar de frente todos vocês? Ah, Citéron, porque me ajudou? Por que não me deixou morrer? E quanto a vocês, Políbo e Mérope, e as cortes antigas de Corinto, que eu julgava patrimônio meu, por que cuidaram de mim e me nutriram? Por quê? Para todos verem que sou mau e nascido de gente má? Oh, encruzilhada e ravina remota, que sorveram o sangue paterno derramado pelas minhas mãos, será que ainda se lembram dos atos pavorosos que cometi, então? Oh, núpcias! As primeiras me geraram e as segundas deram ao mundo um pai, irmãos, filhos, todos nascidos do mesmo ventre! Basta! Tais palavras não devem mais ser ditas, escondam-me depressa em algum lugar, matem-me, atirem-me ao mar, para que a sombra infecta de Édipo desapareça para sempre!

– Sobre isso que você pede, infeliz, não sou eu quem pode decidir. Mas aí está Creonte, agora o mais importante na cidade.

– Ai de mim! Que palavras posso dizer agora àquele a quem tratei com tanta injustiça?

– Não, Édipo – disse Creonte –, eu não o condeno por haver me tratado assim. É preciso, porém, que alguém o conduza ao interior do palácio, pois você é um miasma que nem a luz do Sol, nem a chuva, nem a mãe Terra suportam ver!

– É isso que também peço, mas ainda uma outra coisa: expulsem-me imediatamente do país, enviem-me para onde nenhum homem me veja e voz humana não me chegue aos ouvidos.

– Não quero fazer isso precipitadamente. Prefiro antes consultar o oráculo de Apolo, pois estamos diante de momentos muito difíceis. Não quero tratá-lo com dureza caso não seja necessário.

– Por mais duro que seja comigo, eu mereço. Mas aquela que está morta lá dentro, cuide para que seja sepultada com todas as honrarias necessárias. Quanto a mim, envie-me para as montanhas, atire-me ao Citéron, para que eu pereça onde já devia haver perecido anos e anos atrás... Mas eis que os deuses quiseram que eu me salvasse da morte para um destino ainda mais horrível e desgraçado! Porém, quero pedir-lhe outro favor ainda. Trata-se de meus filhos. Quanto aos rapazes, não é necessária nenhuma preocupação especial, pois são homens e se cuidarão sozinhos. Mas as moças, pobres criaturas que jamais se sentaram à mesa sem mim, peço-lhe encarecidamente que permaneça ao lado delas como um pai, pois você restou como o seu único amparo. E agora lhe peço que deixe que elas venham até mim para que eu possa abraçá-las. Se me conceder esse favor, será como se as tivesse em meus braços no tempo em que ainda enxergava... Mas o que estou dizendo? Se não me engano, ouço-as aqui perto, derramando lágrimas por mim.

– Sim, estão aqui. Deixei que viessem porque me pediram isso chorando, e porque sei que é o que você também quer.

– Desejo-lhe toda a felicidade do mundo, Creonte, pelo bem que me fez. Que os deuses o protejam sempre. E vocês, minhas infelizes filhas, onde estão? Venham até seu pai. Ah, como eu poderia imaginar, em meio à alegria de seu nascimento, que atrairiam para si os erros de seus pais? Agora derramo amargas lágrimas ao pensar que a vida de vocês será, daqui por diante, cheia de dor e amargura... Pois sei que, se estiverem em companhia de gente alegre, por fim voltarão para casa com os olhos chorosos. E ao chegarem à idade de casar, quem estará disposto a desposá-las, sabendo que seu pai é um parricida, que se casou com a própria mãe e que o fruto dessa ímpia e monstruosa união são vocês? Agora, porém, faço votos de que seu ímpio destino não lhes torne a vida tão infeliz quanto a de seu miserável pai!

– Basta de lágrimas! – disse Creonte. – Vá para dentro.

– Eu o obedecerei, ainda que para mim isso não seja bom.

– Bom não é sempre aquilo que nos agrada, mas o que fazemos no momento certo.

– Entrarei, porém, com uma condição: que me expulse do país.

– Assim será se essa for a vontade dos deuses. Mas agora vá e deixe suas filhas.

– Não as tome de mim.

– Não queira vencer sempre, pois tudo o que ganhou com suas vitórias está perdido para sempre. Vá então.

Assim, dois serviçais conduziram Édipo ao palácio. Ele prosseguia vagarosamente, arrastando os pés, enquanto os anciãos, em coro, cantavam suas últimas considerações:

Oh, habitantes de Tebas, pátria nossa!
Agora vedes! Esse homem,
que sabia resolver enigmas insolúveis
e alçou-se aos píncaros da glória e do poder
– e, em verdade, quem não o invejava? –
eis que temporal desabou sobre ele
e em que pavorosa desgraça caiu!
E eis por que não devemos
julgar feliz um mortal
antes de haver assistido
ao último dia de sua vida!

ÉDIPO EM COLONO

da tragédia de Sófocles

– Antígona, minha filha, diga-me onde chegamos e se aqui há alguém que aceite dar uma ajuda ao pobre Édipo, que sempre recebe menos do que pede, mas mesmo assim fica satisfeito. Afinal, meus sofrimentos e o peso dos muitos anos que vivi ensinaram-me a ser paciente. E agora, se você está vendo algum lugar onde eu possa me sentar, coloque-me ali e em seguida trataremos de saber onde estamos e o que faremos.

– Meu pobre pai, pelo que posso notar, bem adiante vejo as muralhas de uma cidade que deve ser Atenas. Porém, estou segura de que nos encontramos em algum lugar sagrado, pois está repleto de frondosos loureiros e oliveiras antiqüíssimas e, como pode escutar, pássaros de doce voz estão a cantar. Mas agora venha, sente-se aqui nesta pedra para descansar um pouco, pois o caminho que percorremos foi muito longo e cansativo para alguém na sua idade. Eu vou tratar de descobrir que lugar é este.

– Vá, minha filha, deve haver algumas casas aqui por perto.

– Há casas sim, meu pai. Mas veja só, não preciso ir a lugar algum, porque um homem está vindo em nossa direção.

– Sim, posso ouvir os seus passos. E vem apressado.

– Ali está, chegou. Pode falar com ele, está bem à sua frente.

– Meu bom homem – disse Édipo –, ouvi seus passos. Mas minha filha, que, ao contrário de mim, pode enxergar, também me avisou da sua presença. Você veio bem no momento em que queríamos descobrir onde estamos.

– Estrangeiro, antes que eu diga qualquer coisa, levante-se e saia deste lugar, porque aqui é um bosque sagrado,[12] onde ninguém deve entrar.

[12] Em geral, todo santuário consagrado a uma ou várias divindades (como aqui, no caso das Eumênides) possuía um *témenos*, isto é, um terreno cercado que pertencia exclusivamente à divindade ali cultuada, freqüentemente dotado de um bosque sagrado cuja entrada era, quase sempre, interditada aos fiéis.

– Ajude-me a sair daqui, Antígona – disse Édipo, levantando-se imediatamente – e você, meu amigo, diga-nos a que deus este lugar é consagrado.

– A terríveis divindades, estrangeiro, às filhas da Escuridão e da deusa Gaia, a Terra. Nós as chamamos de Eumênides. Outros, porém, em outros lugares, as conhecem por Erínias.[13]

– Quer dizer, então, que finalmente cheguei à terra das Eumênides? Por anos andei errante, mas eis que vim parar no lugar onde, segundo as Moiras,[14] encontrarei a salvação!

ÉDIPO SE APRESENTA

– Disso eu já não sei, meu pobre homem, mas o ajudarei no que precisar, caso esteja ao meu alcance, é claro.

– Queria primeiramente que você me dissesse o nome deste lugar.

[13] **Erínias**: Os helenos as chamavam Eumênides (em grego, "Benevolentes"), com o intuito de lisonjeá-las, evitando, assim, a sua cólera temível. Erínias, em grego, significa "Fúrias". Nasceram da Terra fecundada pelo sangue de Urano, quando o deus foi mutilado por Cronos. Eram forças misteriosas que não reconheciam a autoridade dos deuses olímpios. São análogas às Moiras, que só obedecem às suas próprias leis, às quais até Zeus tem de se submeter. De início, o seu número é indeterminado; depois, vai-se tornando preciso, tal como os seus nomes, que são geralmente três – Alecto, Tisífone e Megera. São representadas como gênios alados, com os cabelos mesclados de serpentes e com tochas ou chicotes nas mãos. Protetoras da ordem social, castigam todos os crimes suscetíveis de perturbá-la, punindo também o excesso, a *hybris*, que tende a levar o homem a esquecer-se da sua condição de mortal. Exprimem a idéia fundamental do espírito grego, segundo a qual a ordem deve ser preservada contra as forças desintegradoras. Assim, uma de suas mais importantes funções era punir o homicídio, voluntário ou não. Castigavam especialmente os crimes contra a família, perseguindo suas vítimas e torturando-as de todas as maneiras, até enlouquecê-las.

[14] **Moiras**: trata-se de três deusas que personificam o destino de cada ser humano, o quinhão que lhe cabe neste mundo. Originalmente, cada um tem a sua "moira", o que significa a sua parcela (de vida, de felicidade, de desgraça, etc.). Com o tempo, essa abstração tornou-se uma divindade. Na sua forma impessoal, a Moira é tão inflexível como o destino: encarna uma lei que nem os próprios deuses podem transgredir sem pôr em perigo a ordem do mundo. É a Moira que impede esta ou aquela divindade de levar ajuda a determinado herói no campo de batalha, quando chegou a "sua hora". Após os poemas

– Chama-se Colono[15] e situa-se nos arredores de Atenas. Dominam-no Possêidon e o titã Prometeu, mas o cavaleiro Colonos é o nosso padroeiro.

– E quem governa este lugar? Será Teseu?

– Sim, Teseu, o rei de Atenas.

– E será que alguém poderia levar uma mensagem minha até ele?

– Quer pedir-lhe algum favor? Ou talvez prefira que ele venha até aqui?

– Se ele fizer isso, terá muito a ganhar.

– De alguém que não enxerga?

– Eu também, quando enxergava, recebi o conselho de um cego e não lhe dei ouvidos.

– Eu, porém, sobre isso que você me pede, vou consultar nosso conselho de anciãos. O que eles disserem será feito.

– O homem foi embora, minha filha?

– Foi, pai. Agora você pode dizer o que quiser sem medo.

– Ó deusas Eumênides! Ó respeitáveis virgens de olhos terríveis! Não sejam duras comigo, mas sim tenham compaixão ao contemplar o meu cruel destino. As profecias horríveis de Apolo realizaram-se para mim, sem exceção, e de modo infalível! O deus disse ainda, no entanto, que encontrarei a salvação no lugar em que vocês me hospedarem e onde terminarei meus miseráveis dias. Porém, esse meu fim trará proveito aos que me auxiliarem e desgraça àqueles que me banirem.[16] Também

homéricos, passou-se a predominar a concepção de Moira como destino universal. As três Moiras eram filhas de Zeus e Têmis, ou, segundo outra genealogia, filhas da Noite, pertencendo, assim, à primeira geração divina, a das forças elementares do mundo. Para cada um dos mortais, elas regulavam a duração da vida, desde o nascimento até a morte: Cloto ("Fiandeira") tecia o fio do destino, Láquesis ("a que distribui ao acaso") enrolava o fio, e Átropos ("Inflexível") cortava-o, quando a vida correspondente acabava.

[15] Colono: demo (circunscrição administrativa) da Ática, próximo à cidade de Atenas, local lendário da morte de Édipo e terra natal de Sófocles.

[16] Um oráculo havia predito que a região que acolhesse o túmulo de Édipo seria abençoada pelos deuses e a cidade que o banisse seria destruída.

profetizou que eu verei, antes do fim, sinais convincentes: na forma de um terremoto, de um trovão ou de algum relâmpago de Zeus. Acredito, honrosas virgens, que eu não teria vindo parar aqui, nem me sentaria nesta pedra sagrada se essa não fosse a sua vontade! Por isso agora espero de vocês compaixão, auxílio e uma morte serena. A não ser que sejam insuficientes todos os meus tormentos e eu ainda precise passar por outros tantos mais. Porém, tenho fé de que hão de mostrar compaixão por mim, doces filhas da mãe Terra. E quanto a você, sagrada cidade de Atenas, que tem o nome e o brilho da deusa Palas, tenha pena deste que outrora foi o célebre Édipo e agora não passa de seu lastimoso fantasma.

– Silêncio agora, meu pai, porque vêm aí alguns anciãos que devem estar à sua procura!

– Então me tire daqui e me esconda no bosque, pois, se ouvirmos o que dizem, talvez possamos saber o que fazer.

Assim que Antígona e seu pai se esconderam atrás dos loureiros, chegaram os anciãos e começaram a falar:

– Procurem por aqui, olhem por ali, para que encontremos aquele que veio pisar no local sagrado.

– Não vejo ninguém. Talvez esteja escondido em algum lugar por aqui.

– Deve ser algum velho vagabundo. Certamente é estrangeiro, porque alguém daqui não ousaria pôr os pés no bosque das terríveis virgens, cujo próprio nome tememos pronunciar.

– Então precisamos achá-lo. Procurem por toda parte!

– Aqui estou! – gritou Édipo. – Posso ouvi-los, mas não vê-los, pois não tenho olhos.

– Oh, Zeus! Quem será esse velho de semblante terrível?

– Sou aquele cujo destino ninguém no mundo invejaria. Afinal, de outro modo, eu não me arrastaria por aí, conduzido por olhos alheios.

– Pobre infeliz! Parece que foi atingido por alguma maldição! – disse um dos anciãos.

– De fato, fui mesmo – confirmou Édipo.

– Mas não se embrenhe mais no bosque sagrado! – avisou um ancião.

– Cuidado, infeliz, venha para cá – disse outro.

– Ouça-nos, para o seu próprio bem: se quer ajuda, saia primeiro deste lugar sagrado, onde ninguém ousa penetrar.

– Então, conduza-me, minha filha – disse Édipo. – E a vocês, senhores, peço compaixão.

– E terá, assim como todo estrangeiro que é inimigo do que é odioso à nossa cidade e respeita o que é caro a ela.

– Diga-me: aqui já está bom para eu ficar?

– Venha um pouco mais para frente. Venha, moça, faça-o sentar-se naquela pedra.

– Leve-me, filha.

– Sim, pai. Venha mais um pouco. Agora sente-se aqui, sobre esta pedra.

– Ah, negro destino o meu! – suspirou Édipo ao sentar-se.

– Agora, meu pobre velho, conte-nos quem é você, quem são seus pais e qual a sua pátria.

– Sou um exilado. Quanto ao resto, é melhor não perguntar...

– Por que, velho? Não quer nos dizer?

– Mil vezes desgraçado eu sou! E não sei mais o que dizer.

– Responda ao que perguntamos, ancião. Não se deve ocultar a verdade.

– Sim, devo falar... Pois bem, já ouviram falar de um certo filho de Laio?

– O que?! – espantaram-se os anciãos atenienses.

– Da linhagem de Lábdaco? – disse um.

– Oh, deuses! – gritava outro.

– O desgraçado Édipo? – perguntava outro ainda.

– Que horror!

– Peço compaixão – disse Édipo.

– Saia daqui imediatamente!

– Ai de mim!

– Vá embora de nosso país!

– E as promessas que me fizeram? – perguntou Édipo.

– O mal se paga com o mal. Não podemos nos apiedar de você, a menos que desejemos que uma praga divina recaia sobre nós!

ÉDIPO PEDE COMPAIXÃO

– Então devo ir embora?

– E depressa, para que não sofra um mal ainda pior caso demore muito.

Assustado, Édipo procurava com sua mão a mão de Antígona. Ela o ajudou a levantar-se.

– Vamos – disse Édipo.

Mas a moça não saía do lugar. Com o olhar cheio de dor, olhou os anciãos e, então, disse:

– Meus bondosos estrangeiros, vocês são homens compassivos, posso ver em seus olhos. Se escutassem meu velho pai lhes contar os horríveis atos que, sem querer, cometeu, sofreriam juntamente com ele! Mas tenham pena de mim, como se eu fosse sangue do seu sangue. E tenham pena dele, por mim, pois vocês são nossa última esperança! Imploro por tudo o que há de mais sagrado! Estendam a mão para nós, porque se os deuses quiserem que sejamos destruídos, não teremos salvação, por mais que vocês nos ajudem.

– Filha de Édipo, sentimos pena de vocês por causa de todos os seus infortúnios, mas tememos a ira divina e não temos a audácia de ajudá-los.

Mas, então, disse Édipo:

– Quer dizer que a fama que Atenas tem de proteger todos os estrangeiros é injusta? Sim, pois como posso acreditar nisso quando vocês me enxotam da cidade apenas por causa de meu nome e não pelos meus atos? Afinal, a pior vítima de tudo o que fiz fui eu mesmo, por ter vivido na ignorância. Por isso, agora ninguém deve temer os deuses mais do que vocês, pois eles sabem quem os respeita realmente e quem os despreza. Então, não me expulsem, e se o seu rei vier aqui, ficará sabendo que vim fazer o bem a esta cidade. Basta apenas que vocês se mostrem bondosos para comigo.

– O que você disse parece sensato, estrangeiro, mas a decisão será tomada pelos que governam este país.

– E o seu rei, onde está?

– No palácio. O homem que nos disse para vir até aqui foi buscá-lo.

– Mas será que se incomodará de vir aqui por causa de um velho desgraçado e cego?

– Virá correndo ao escutar seu nome.

– Mas o homem que foi levar o recado não sabe quem sou...

– Não se preocupe. Neste lugar as notícias correm depressa, de boca em boca. Quando o rei souber quem você é, virá correndo.

Afinal, meu velho, o seu nome tornou-se célebre tanto pelo mal que você causou quanto pelo mal que sofreu!

– Oh, deuses! – exclamou Antígona. – Quem está vindo? O que vejo?

– O que foi, minha filha?

– Vejo aproximar-se uma garota que parece... mas não posso acreditar! Seu rosto está contra o sol, de modo que não posso vê-lo, mas mesmo assim a reconheço!

– Mas quem é, minha filha?

– É a nossa querida Ismene!

– O que disse, filha?

– Disse que estou avistando minha bondosa irmã! Você também a irá reconhecer, assim que ouvir sua voz!

– Pai! – gritou Ismene. – Irmãzinha! Ah, como entristeço-me vendo-os assim!

– Minha filha adorada! Como veio parar aqui?

– Foi muito difícil, pai. O caminho foi longo e demorei, mas vim!

– Filha! Sangue do meu sangue, dê-me um abraço!

– Quero abraçar os dois! Oh, três vidas miseráveis que se encontram: a sua, pai, a de Antígona e a minha, a terceira!

– Ah, filha, diga-me: como nos encontrou?

– Minha preocupação com você me trouxe até aqui, para trazer-lhe notícias que recebi do único servo fiel a nós que restou no palácio.

OS FILHOS SÓ AGEM EM INTERESSE PRÓPRIO

– E por que foi você quem teve de fazer todo esse esforço e não um dos meus "zelosos" filhos?

– Talvez eles também venham. Mas não por terem saudades de você. Por isso tive de chegar antes deles.

– Ah, eles nem se importam com o pai! Vocês, minhas filhas, é que carregam todos os meus fardos! Antígona, tão logo cresceu, tomou-me pela mão e me guia, agora que estou cego e banido, por entre terras desconhecidas e veredas inóspitas, faminta, descalça, fustigada pelas tempestades e pelo sol, apenas para que o pai consiga um pedaço de pão. E você, Ismene, se soubesse o quanto me ajudou quando, escondida dos tebanos, trouxe até mim todas as profecias sobre o miserável Édipo, na época em que me expulsaram do país... Mas, diga-me, quais serão as novas que vem trazer ao seu pai? Que temor por mim a obrigou a se aventurar por regiões desconhecidas? Sei que você não tomaria uma decisão dessas se não fosse para trazer a notícia de alguma nova desgraça...

– Pai, deixarei de lado os tormentos por que passei até encontrá-lo. Seria para mim duas vezes doloroso, pois, tendo-os vivido já uma vez, eu os reviveria ao falar sobre eles. Se corri até aqui, foi para lhe contar sobre a inimizade que cresceu entre os seus infelizes filhos. No princípio, brigaram para ver quem teria Creonte a seu lado, que então governava Tebas, já que eles mesmos não podiam reinar, por causa da maldição que pesa sobre nossa estirpe. Por fim, no entanto, instaurou-se entre eles uma terrível querela. Sabe-se lá se foi algum deus que os impeliu a isso, ou suas próprias mentes pervertidas, mas o fato é que começaram a ambicionar o trono real. Embora tivessem entrado em acordo e dividido o poder entre si, reinando em anos alternados, por fim Etéocles, apesar de ser o mais novo, arrebatou o trono a Polinice e o expulsou de Tebas. Este, então, foi para Argos e, tendo se tornado parente do rei Adrasto, cuja filha tomou por esposa, selou com ele uma aliança para guerrear contra Tebas. Trata-se não apenas de palavras, meu pobre pai, mas atos aterrorizantes! Uma guerra está sendo preparada entre os seus dois filhos! Ah, não sei quando os deuses terão pena de você...

– Os deuses até podem se apiedar de mim, mas meus filhos, do jeito que são, não creio que venham a se importar jamais comigo!

– Porém, chegou a hora em que eles tentarão convencê-lo, por meio de palavras enganosas, de que se importam sim! Afinal, oráculos revelaram que ambos perecerão se não tiverem você a seu lado, e aquele que contar com o seu apoio se tornará poderoso. Por isso, prepare-se: Creonte logo aparecerá para tentar, com palavras amáveis, convencer você a retornar a Tebas.

– Muita coisa eu poderia perdoar, se soubesse que um dia, quando eu morrer, a terra da minha pátria cobrirá meu corpo...

– Nenhum dos dois quer isso. Quando dizem que o querem de volta a Tebas, referem-se a algum lugar nos arredores, não dentro da cidade... Porque, para eles, pai, você ainda é uma mácula, de quem os dois querem apenas tirar proveito.

–Pois então eles não me farão arredar o pé daqui, miseráveis! Puseram o trono real e uma inimizade fratricida acima do amor paterno! Já que são assim, eu os amaldiçôo! Que sejam ambos perseguidos pelos deuses! Que essa inimizade, que com tanta ira lança um irmão contra o outro, acabe resultando na maior das desgraças! E que nem aquele que hoje detém o trono possa assim conservá-lo, nem o outro consiga obtê-lo! Filhos mesquinhos! Quando a minha alma ardia e eu desejava morrer, ou ser apedrejado até a morte pelo povo, não tive da parte desses dois nenhum auxílio, em meio ao meu insuportável sofrimento! E quando, com o tempo, minha alma se acalmou e pude sentir o quanto a cólera me havia impelido a vingar-me de mim mesmo, foi então que me expulsaram sem dó! E eles, os meus filhos, que poderiam ter me salvado com suas palavras, não o fizeram. Deixaram que o pai cego fosse exilado em terras estranhas, para ser fustigado pelas tempestades e pelo sol. Minhas filhas, mesmo frágeis, compartilharam a minha dor e, sempre que podiam, estendiam-me a mão amiga que os filhos devem a seu pai. Ao passo que eles preferiram, em vez de ajudar o pai, guerrear por tronos e cetros! Mas não! Jamais terão-me como aliado para levar a cabo seu ímpio objetivo! Que enviem Creonte até aqui, ou quem mais desejarem, para me buscar! Ninguém me levará daqui! Peço a vocês, meus bons estrangeiros, assim como às deusas deste lugar, que permaneçam ao meu lado. Estejam certos de que essa sua ajuda resultará num bem enorme para a cidade. Um bem tão grande quanto o mal que há de atingir meus inimigos!

– Você merece a nossa compaixão, infeliz Édipo. Por isso lhe daremos ainda um conselho.

– Farei tudo o que me aconselharem.

– Para que as nossas Eumênides o ajudem, será preciso que você faça no altar dessas deusas as devidas orações e oferendas, seja pessoalmente, seja por intermédio de uma de suas filhas, caso você mesmo não possa. Se tudo correr como deve, então nós também poderemos ajudá-lo sem medo.

– Filhas, vocês escutaram o que esses piedosos senhores me aconselharam a fazer? Eu, contudo, não tenho nem força nem olhos para ir até lá. Que uma de vocês então tome essas providências por mim.

– Eu irei, pai – prontificou-se Ismene. – Quero apenas saber aonde devo ir e o que fazer exatamente.

– Vá para além do bosque – disse um dos anciãos. – Lá encontrará um homem que lhe explicará tudo.

– Muito bem, eu vou. Você, Antígona, tome conta de nosso pai, pois não é nenhum fardo cuidar de pai ou mãe.

Assim dizendo, Ismene correu a fazer suas obrigações. O líder dos anciãos disse, então, a Édipo:

– Estrangeiro, por mais que eu não queira reabrir suas antigas feridas, desejo saber como foi que você caiu em tamanha desgraça. Muito se fala dos seus sofrimentos, mas cada um conta a história de um jeito. Portanto, gostaria de ouvi-la de você.

– Está para nascer um homem com destino mais negro do que o meu. Não me faça recordar meus terríveis infortúnios.

– Conte-me, pois eu também lhe disse o que você queria.

– Fui carregado de erros quando a cidade me atou a um casamento sacrílego.

– Com sua própria mãe?

– Ouvir isso me atinge como uma punhalada. Porém, que culpa têm essas moças de terem nascido da mesma mãe que me gerou?

– Filhos que são também irmãos do próprio pai... É algo terrível e extraordinário! Como aconteceu?

– Aconteceu porque me deram a mão da rainha de Tebas como prêmio. Maldita hora, que eu não a tivesse merecido jamais!

– Ouvi falar também de outra coisa terrível. Dizem que você matou seu pai.

– Mais uma punhalada você me deu! E sofro ainda mais por não ter tido culpa. Não sabia quem ele era e, além disso, foi em defesa de minha própria vida.

– Você é digno de compaixão, pobre homem... mas já basta o que dissemos porque, veja, nosso rei, Teseu, chegou. Você pediu para vê-lo e ele veio imediatamente.

– Desafortunado Édipo, seus olhos destruídos me disseram imediatamente quem você é – disse Teseu. – Vim aqui por compreender que você não me chamaria sem ter um motivo sério para isso. Eu também cresci longe de casa e passei por muitos perigos em lugares estranhos. Por isso, não deixo de ajudar nenhum estrangeiro. Afinal, também sou mortal e desconheço o meu dia de amanhã.

TESEU PROMETE AJUDAR

– Gentil Teseu, agradeço-lhe pelas palavras cheias de compaixão. E já que percebeu quem sou eu e qual é a minha pátria, não é necessário dizer nada, mas apenas explicar o que me trouxe até você.

– Estou ouvindo, meu pobre Édipo.

– Eu lhe darei um presente que nada mais é do que meu miserável cadáver. No entanto, el2e lhe trará proveito algum dia, mas isso você saberá quando chegar o devido momento.

– E como me oferecerá isso?

– Com a minha morte. Você me dará sepultura e eu lhe darei em troca algo de grande valor.

– Mas isso que me pede eu faria de qualquer maneira. É nosso dever honrar os mortos.

– Porém, pode ser que isso não seja fácil. Talvez seja preciso lutar para que Édipo tenha aqui a sua sepultura.

– De quem você tem medo? De seus filhos?

– Exatamente. Eles tentarão me levar à força.

– Mas não é melhor viver em sua pátria que no exílio?

– No entanto, quando quis permanecer em minha pátria, eles permitiram que eu fosse embora.

– Édipo, a teimosia em nada traz proveito.

– Aconselhe-me, mas antes ouça-me.

– Explique-se então.

– As desgraças se abateram sobre mim uma após a outra. A última delas foi ser expulso por meus filhos, acusado de parricídio.

– Já que o expulsaram, por que agora o querem de volta?

– Um oráculo os obriga a isso, mas um outro oráculo diz que serão derrotados por você.

– Por mim? Mas não há nenhuma inimizade entre nós.

– Caro filho de Egeu, só há uma coisa que não muda neste mundo: os deuses, que jamais conhecerão a velhice e a morte. Todo o resto é revirado de ponta-cabeça pelo poderosíssimo tempo. Com ele, a terra perde sua força, e o mesmo acontece com o corpo. Perde-se a fé, instaura-se a incredulidade. E nem sempre é o mesmo vento que sopra entre amigos e entre cidades. O amor pode facilmente tornar-se ódio. Se hoje entre Atenas e Tebas há amizade e paz, com o passar do tempo as águas, antes serenas, se agitam, e basta um pretexto insignificante para que uma se arme contra a outra. Se Zeus é Zeus e Apolo é seu profeta verdadeiro, uma coisa eu tenho a dizer: aqueles que hoje cometem impiedade, amanhã desaparecerão. Quanto a você, apenas mantenha a palavra que me deu. Se os deuses não estão a me enganar, não terá do que se arrepender.

– Jamais falto com minha palavra, ainda mais quando se trata de um homem que veio como suplicante até os nossos altares trazendo algo tão grande a oferecer para a cidade. Se quiser, venha morar comigo no palácio.

– Eu apreciaria muito, mas devo ficar aqui para enfrentar aqueles que me baniram. Conto também com sua ajuda para isso. Mas cuidado, eles sabem usar a força e ameaçar!

– Meu coração desconhece o significado do medo. Ninguém poderá levar você daqui à força. Entretanto, caso ousem fazer isso, hão de se arrepender depressa, pois apenas meu nome já basta para proteger você. Bem, mas agora vou deixá-lo. Já que vim até Colono, devo fazer uma oferenda no altar de Possêidon.

Dizendo isso, Teseu afastou-se, enquanto os anciãos cantavam a uma só voz:

A uma orgulhosa cidade vieste, estrangeiro.
Não há outra mais bela sobre a Terra inteira,
porque apenas aqui, em Colono,
ouvirás o rouxinol a cantar as mais doces melodias,
oculto na densa folhagem da hera,
na floresta inexplorada,
sagrada, sombreada,
a salvo do vento dos temporais de inverno,
onde a embriaguez de Baco vai sumindo
em meio à doçura, serenidade e solidão.

Aqui, todas as manhãs,
banhados por gotas de orvalho,
florescem o narciso e o dourado açafrão,
a tecer perfumada coroa para as deusas.
E as águas murmurantes do Cefiso,
que enchem de frutos a nossa terra,
jamais cessam o seu doce canto,
que as Musas ouvem em silêncio, enquanto
a dourada Afrodite distribui o amor.

E aqui, estrangeiro, também cresce
a árvore invejável, cujo fruto
é o alimento de valorosos jovens,
cujo óleo ilumina nossos candeeiros
e cujo ramo glorifica a paz.[17]

[17] **Oliveira**: a deusa Atena foi vencedora numa disputa com Possêidon e tornou-se a padroeira da cidade de Atenas. Nessa disputa, Atena teria presenteado a cidade com a oliveira. Como o azeite de oliva era um produto de extrema imporância na vida cotidiana (servia de alimento, remédio e combustível para iluminação), à oliveira foi associado o sentido do sagrado. Quantidades de

Mas à oliveira verde-acinzentada,
se é motivo de inveja no Ocidente,
e mesmo de ciúme no Oriente,
não ousam danificar,
pois sobre ela estão sempre
vigilantes Atena e o próprio Zeus.

E nosso orgulhoso país
gaba-se ainda de não ter rival
nem em matéria de cavalos
nem em matéria de navios.
Em um de nossos imponentes corcéis,
em meio aos nossos verdíssimos campos,
foi que Posseidon, filho de Cronos,
pôs as primeiras rédeas.
E para nós fabricou os primeiros remos largos,
que são as asas das embarcações.
E mostrou aos nossos marujos
como sulcar o mar azul,
desafiando sobre as ondas
as cinqüenta filhas de Nereu.

CHEGA CREONTE

– Realmente é uma cidade invejável! – exclamou Antígona. – Porém, pelo que vejo, chegou a hora de mostrar também a nós o seu valor!

– Por que diz isso? Está acontecendo alguma coisa? – perguntou Édipo.

azeite eram ofertadas como prêmios aos vencedores de disputas esportivas e os ramos da árvore eram utilizados para coroá-los. Houve um período em que quem destruísse uma oliveira poderia ser punido com a morte.

– Meu pai, Creonte está vindo. Traz consigo muitos homens, e estou com medo.

– Ai, anciãos, quem vai me salvar agora?

– Não se preocupe com isso. Ainda que sejamos velhos, saiba que a força desta cidade ainda não envelheceu.

– Respeitáveis habitantes deste país! – disse Creonte assim que chegou. – Vejo algo em seus olhos que parece medo. Talvez seja porque me viram chegar assim de repente. Porém, não vim aqui com más intenções. Aliás, eu, um velho, jamais pensaria em vir com planos perversos a uma cidade como Atenas, sem par em toda a Grécia. Vim aqui apenas por causa desse infeliz, para tentar convencê-lo a retornar a Tebas, agora que todos o queremos de volta. Tanto o povo quanto seu filho Etéocles, que governa a cidade, e também eu, na condição de parente, temos pena dele e não suportamos ouvir que vagueia como um errante por terra estrangeira. E ainda penso em sua pobre filha, que por causa do pai perdeu todos os prazeres da vida e deixou de lado os pensamentos sobre ter uma casa e formar uma família. Em vez disso, arrisca-se todo momento a ser raptada por algum patife. Por isso, Édipo, ainda que você não possa enxergar, volte seu rosto para mim e ouça: esqueça o passado e venha comigo para que eu o leve à casa de seu pai e à pátria que merece o seu respeito e sua obediência.

– Creonte, sei muito bem o que quer de mim e o que me acontecerá se eu for com você. Disse-me belas palavras, mas falsas. Não cairei na armadilha que você e meu pérfido filho armaram para mim! Aliás, como explicam essa súbita pena? Pois não me exilaram quando eu ansiava por isso e só vieram a fazê-lo quando meu coração já havia serenado e eu implorava para ficar. Onde estava, então, o parentesco de que você se lembrou agora? Sei que toda a cidade me quer, sempre me quis, mas não você, nem o meu filho. E digo, para que todos fiquem sabendo: vocês têm medo de me levar para Tebas. Querem é me manter fora das fronteiras da cidade, como sei muito bem! Mas isso não vai acontecer. Não terão consigo Édipo. Terão, sim, outra coisa: minha terrível maldição. Maldição que lanço tanto sobre seu aliado, Etéocles, quanto sobre aquele que está contra vocês dois. Sei que ambos ganharão da terra tebana apenas o suficiente para lhes cobrir os cadáveres! Como vê, conheço melhor do que você o que irá acontecer, porque me foi dito por vozes muito mais sábias do que a sua: por Zeus e seu filho Apolo. Então, vá embora, para que eu não tenha mais que gastar minhas palavras. Prefiro mil vezes ficar em terra estrangeira a ir com você!

– Infelizmente, vejo que nem os anos nem sua amarga experiência o ajudaram a perceber o que é melhor para você. Prefere uma velhice vergonhosa às honras que nós lhe oferecemos!

– Ninguém fala melhor que você, mas a mim não irá enredar.

– Uns falam muito, outros falam o que é preciso e o quanto é preciso!

– Aquele que mede as palavras também mede o que ganhará com elas.

– Somente se não perdeu ainda o juízo.

– Vá embora, de uma vez por todas! Aqui ninguém quer sua presença!

– Não irei sem atingir meu objetivo!

– À força você não pode me levar! Tenho amigos neste lugar, fiéis e fortes!

– E mesmo assim, logo derramará amargas lágrimas...

– Patife ardiloso! Ameaça-me com algo terrível?

– Levarei suas filhas! Uma delas eu já capturei, pois sabia que você se recusaria a vir comigo. Meus homens agora estão com ela.

– Ai de mim!

– Chorará ainda mais quando eu pegar a outra também!

– Meus amigos, chegou a hora de me ajudarem. Não me traiam! Expulsem esse homem desleal do seu país!

– Vá embora, forasteiro, já que veio a uma terra hospitaleira para cometer uma injustiça após a outra! – gritaram os anciãos.

– Não irei embora sem levar esta moça comigo!

– Ai de mim, desgraçada que sou! Pai, estão me arrastando!

– Dê-me sua mão, filha, onde está você? E onde estão vocês, nobres deste país? Como deixam que ele faça o que está fazendo?

– Estamos ao seu lado! – responderam os anciãos, e, voltando-se para Creonte, disseram: – Deixe-a imediatamente, forasteiro! Você veio aqui para nos roubar!

– Não levo nada que não me pertença! Vim buscar meus parentes!

– Pois bem, agora verá a nossa força! – ameaçaram os anciãos.

– Para trás! – gritou Creonte.

– Para cima deles, cidadãos de Atenas! – exortaram os anciãos.

– Terão guerra se me provocarem!

– Então, entregue a garota! – disse o líder dos anciãos.

– Vá dar ordens àqueles em que você pode mandar!

– Deixe a moça! Você está ouvindo!

– Para trás, depressa!

– Corram, patriotas! Venham depressa! A cidade está sendo desonrada! Corram, corram!

– Pai, salve-me! – gritou Antígona em desespero.

– Venha rápido comigo, minha filha!

– Não posso, estão me arrastando!

– Levem-na para longe! – ordenou Creonte a seus homens. – Levem-na junto com a outra!

– Isso é demais para mim! – lamentou-se Édipo.

– Agora não terá mais suas duas filhas para guiá-lo! – disse Creonte, cheio de maldade. – É isso que você merece, pois preferiu colocar a si próprio acima dos interesses da pátria e do povo de Tebas, e há de sofrer ainda mais por sua teimosia!

– O que mais me falta acontecer?

– Vou levar você também, à força!

Mas, então, os anciãos gritaram:

– Isso não vai acontecer, patife! Você pagará por tudo o que fez!

– Pensam que tenho medo de vocês? Ou desse farrapo humano?

– Pois devia ter medo de mim sim! – disse-lhe Édipo. – Afinal, restou-me também algum poder. Tenho minha voz e posso lançar-lhe a minha maldição, canalha, que tomou aquelas que viam por mim! O deus Sol, porém, a quem nada passa despercebido, há de dar a você uma velhice tão desgraçada quanto a minha!

– Vocês, atenienses, estão ouvindo o que ele diz?

– Não só ouvimos, como vemos e julgamos. Por isso, não tenha dúvida, os seus atos falam por si! – responderam os anciãos a Creonte.

– Ah, não posso agüentar isso! Meus homens estão com suas filhas, e eu mesmo arrastarei você! Tenho bastante força ainda! Os anos não acabaram comigo! – ameaçou Creonte.

– Ai, o que mais me falta acontecer?

– Ninguém lhe fará mal algum – disseram os anciãos, corajosamente –, a insolência e a petulância não têm vez neste lugar!

– Farei aquilo que precisar fazer! – insistiu Creonte.

– Contra ele você não fará nada! Atenas é uma cidade livre e poderosa.

– Quem tem a justiça a seu lado pode vencer o mais forte, porque é protegido por Zeus – respondeu Creonte.

– Você ousa proferir o nome de Zeus ao mesmo tempo em que passa por cima de todas as leis divinas?

– Sim, porque vocês não têm escolha. Será como eu quero que seja. Que venham os meus homens!

– Corra, povo de Colono! Corram, nobres senhores! Ajudem! Ajudem! Vamos salvar esse pobre homem!

TESEU RESPONDE À VIOLÊNCIA DE CREONTE

Teseu foi o primeiro a atender aos chamados dos anciãos:

– O que está acontecendo aqui? Os gritos me deixaram preocupado e acabei abandonando o sacrifício pela metade! Digam-me depressa o que está havendo!

– Esse homem fez contra mim uma coisa terrível! – disse Édipo.

– Quem é ele? E o que foi que lhe fez?

– É Creonte de Tebas e arrebatou de mim meu único amparo: minhas filhas.

– O que disse?

– O que você escutou!

– Mas, então, não podemos perder tempo! Que alguém vá imediatamente ao altar onde estão meus homens e digam a eles que eu ordeno que deixem o sacrifício e corram para a estrada que leva a Tebas. Precisamos alcançar aqueles que estão levando as moças. Que eles não escapem e eu não me envergonhe diante do homem que veio como suplicante à nossa terra! Quanto a você, estrangeiro, prefiro conter minha ira! Do contrário, não sei dizer se sairia vivo daqui! Não pense, porém, que vou deixá-lo ir embora se não me devolver as moças, pois sua atitude me ofende, a mim e à nossa hospitaleira cidade! A menos que pense que nossa terra carece de homens destemidos e que sou alguém que não merece sua consideração. Entretanto, nem mesmo sua pátria o louvará se souber que violou as leis divinas para capturar pobres suplicantes. Com sua atitude, você envergonha sua própria cidade! Por isso, conforme já disse, repito: é preciso que alguém devolva as moças imediatamente, porque do contrário você permanecerá aqui para sempre como prisioneiro, quer goste ou não!

– Filho de Egeu, está cometendo uma injustiça se pensa que não tenho consideração nem respeito por esta cidade. Pelo contrário, quero justamente protegê-la, pois creio que tem motivos para se envergonhar se aceita abrigar gente minha contra minha vontade! Também sei que esta cidade jamais receberia em seu território esse homem tão odiado por deuses e homens, que assassinou seu próprio pai, casou-se com a própria mãe e teve filhos impuros. E acredito nisso porque sei que vocês respeitam os conselhos do Areópago,[18] que não quer que sua terra seja

[18] **Areópago**: em grego, "o rochedo de Ares", situado em Atenas, a leste da Acrópole. Segundo a lenda, recebeu esse nome por ter sido nele que Ares foi julgado pelo assassínio de Halirrótio, filho de Possêidon, que havia tentado violentar sua filha, Alcipe. Mais tarde, sob as constituições de Drácon e Sólon, o nome passou a aplicar-se ao corpo de jurados que, reunidos nesse rochedo, julgava causas referentes aos assassinatos, ferimentos intencionais, incêndios criminosos e envenenamentos.

maculada por nenhum vagabundo. Eis por que levei as moças. Mas nem isso eu teria feito se elas mesmas não me houvessem provocado com sua petulância, pois a ira não depende da idade. Vai-se apenas com a morte. Era isso que tinha a lhe dizer. Agora faça o que quiser. Estou em suas mãos, mas se usar de força, eu também usarei, mesmo estando velho!

Cheio de indignação ao ouvir essas palavras de Creonte, Édipo respondeu:

– Infame! Quem você pensa que está ofendendo com essas palavras? A mim ou a si próprio? Como ousa falar de assassinatos, casamentos e desgraças da minha vida, atos que cometi sem saber e apenas porque assim queriam os deuses, zangados com minha família antes mesmo de eu nascer? Ou será que pensa poder me acusar de preferir os atos iníquos às atitudes honradas? Afinal, quando matei meu pai, foi por vontade de quem? Minha ou dos deuses, que me impeliram a isso enquanto eu fugia, justamente para evitar cometer aquele crime? Quanto ao meu casamento com minha mãe, você não tem vergonha de mencioná-lo, miserável, já que ela era sua irmã e você sabe muito bem que nem eu nem ela jamais pudemos imaginar que éramos, ai de nós!, mãe e filho? Ah, mas você relembra todas essas coisas, pois sabe como fico mortificado ao ouvi-las! E ao mesmo tempo em que me acusa sem pudor, tece elogios hipócritas à cidade de Atenas, pensando que isso o ajudará em seu iníquo objetivo! Porém, está errado! Se há algum lugar que respeita as leis dos deuses com sagrada devoção, esse lugar é a cidade de onde você tentou arrebatar o suplicante, e de onde já levou minhas filhas. Por isso, eu também me prostro aos pés das deusas desta terra, para que façam você sentir o peso da espada dos homens de valor que guardam esta cidade!

Comovidos com as palavras ardorosas de Édipo, os anciãos disseram a Teseu:

– O estrangeiro merece toda a nossa ajuda, majestade!

– Sim, e rápido! – completou Teseu. – Afinal, estamos perdendo tempo. Os raptores fogem, e nós, que fomos injustiçados, cruzamos os braços!

– E quanto a mim, seu prisioneiro, quais as suas ordens? – perguntou Creonte.

– Mostre-me onde estão as moças, pois mesmo que seus homens as tenham levado, saiba que não terão tempo de agradecer aos deuses por escapar, pois no caminho se defrontarão com os meus homens! Então, mexa-se e faça o que lhe digo. Você capturou duas criaturas inocentes, mas agora foi apanhado em sua própria armadilha! Talvez assim aprenda que os ganhos que se obtêm por meio de injustiças não valem a pena! E não tenha esperança de receber nenhuma ajuda de seus homens, pois, por mais reforços que você tenha trazido, eu tomei minhas providências! Bem, creio que estamos entendidos. A não ser que você tenha ouvido minhas palavras com a mesma indiferença com que planejou suas proezas.

– Não o condeno por falar assim. Contudo, Tebas não ficará de braços cruzados – disse Creonte.

– Faça as ameaças que quiser, mas ande logo. E você, meu bom Édipo, espere aqui. Esteja seguro de que voltarei com suas filhas, a menos que aconteça de eu morrer!

– Vá, você tem a minha bênção, gentil Teseu. Obrigado por abraçar a minha causa!

Enquanto Teseu e Creonte iam embora, cantava o coro de anciãos:

Como eu queria estar lá com nossos homens
para alcançar os raptores
e lançar-me à estrondosa batalha!
Será, porventura, na estreita
passagem da Estrada Sagrada[19]
ou lá embaixo, na praia,
onde as duas deusas, mãe e filha,[20]
assistem à procissão de tochas
nas solenes cerimônias?
Pois, em algum lugar por ali, creio eu
que, com um grito de vitória,
nosso grande comandante reaverá
as filhas de Édipo das mãos de homens sem lei.

[19] Estrada Sagrada, ou Via Sagrada, era o caminho que levava às partes mais sagradas de uma cidade (isto é, aos seus santuários).

[20] As solenes cerimônias aqui mencionadas são os Mistérios de Elêusis; a mãe e a filha são, respectivamente, Deméter e Perséfone.

Mas talvez tenham tomado
o caminho do bosque
e corram agora com os lestos cavalos
ao pé das encostas da montanha nevada,
além das pastagens do monte Oia.
Ah, mas não escaparão,
porque é assustadora a ira de Teseu.
E nem podem segurar-se os filhos de Atenas,
que, montados nos corcéis, arremetem,
honrando Atena Cavaleira
e o filho de Réia, o deus Possêidon.

Afinal, o embate já começou? Ou ainda não?
Ah, dentro de mim algo diz
que Zeus nos concederá a vitória
e que logo os tormentos
das duas virgens terão fim.
Como eu queria ser um pombo
de rápidas asas
para voar pelos céus e ver
como a virtude e a bravura
fustigam a injustiça!

Zeus todo-poderoso que tudo enxergas,
põe-te ao lado daqueles
que se empenham pelo que é justo.
E tu, ó virgem, Palas Atena,
filha do venerável Zeus,
corre a convocar o arqueiro Apolo
e Ártemis, das setas infalíveis.
E com arcos, espadas e lanças,
correi todos para lá, onde homens
valentes estão a guerrear
em defesa das leis dos deuses!

A AJUDA DECISIVA DE TESEU

Enquanto os anciãos cantavam essas palavras, eis que Teseu retornou, trazendo consigo as filhas de Édipo:

– Pai! Ah, pai! – gritaram as duas ao mesmo tempo ao reverem Édipo.

– Filhas! Vocês estão aqui? É verdade?

– Sim, pai, tudo graças a este homem digno e seus valentes soldados!

Dizendo isso, Antígona e Ismene caíram nos braços de seu pobre pai. E este, tendo chorado de alegria, disse em seguida:

– O que tenho de mais terno neste mundo está agora em meus braços. Se a morte chegar agora, há de me encontrar feliz! Venham, abracem-me bem apertado e tragam alívio às dores que oprimem a minha mente! Mas, filhas, como foi que se salvaram?

– Aquele que nos salvou, pai, está aqui. É o rei de Atenas. E o que quiser saber, ele mesmo poderá lhe dizer.

– Oh, Teseu! Ilustre soberano da ilustre cidade, tudo o que ainda tenho devo a você. Faço votos de que os deuses o abençoem, a você e ao seu povo, porque em nenhum outro lugar encontrei tanta simpatia e compaixão em meu infortúnio, nem tanta repugnância à mentira! Diga-me, agora, para alegrar minha alma: como derrotou o pérfido Creonte?

– Agradeço-lhe, Édipo, pelas gentis palavras. Agora você tem suas filhas de novo ao seu lado. Como ganhei a batalha? Isso não tem importância. O que importa é que não quebrei o juramento que lhe fiz. Entretanto, tenho agora outra coisa a lhe dizer: fiquei sabendo que um parente seu veio até aqui e caiu suplicante ao pé do altar de Possêidon.

– Quem é ele? O que quer do deus? Ou será que quer algo de mim?

– Dizem que quer que você aceite ouvi-lo. Então, poderá pedir-lhe que prometa algo.

– Mas que tipo de promessa pode querer que eu lhe faça, já que, em vez de vir até mim, foi primeiro pedir a Possêidon? Quem é ele, e de onde vem? Ninguém sabe?

– É alguém que veio de Argos. Você tem algum parente lá que possa querer lhe pedir algum favor?

– De Argos? Um favor? Chega! Vamos mudar de assunto!

– Mas por quê? O que está acontecendo?

– Não me pergunte!

– Não vai me dizer?

– Sei que quem veio foi alguém que não quero nem ouvir nem encontrar!

– Se é assim, mais uma razão para você dizer a mim, que sou seu amigo, quem é ele.

– É meu detestável filho, Polinice! Não há mal pior para mim do que ouvir sua voz ou sabê-lo diante de meus olhos imprestáveis!

– Mas por quê? Que mal há em recebê-lo e ouvi-lo, uma vez que nada obriga você a fazer o que ele pedir?

– Porque tenho ódio até de sua voz! Somente agora ele se deu conta de que tem um pai e, mesmo assim, porque agora isso lhe convém! Por isso eu lhe peço que não queira me fazer voltar atrás.

– Não lhe pediria nem aconselharia que fizesse isso se ele não tivesse ido suplicar no altar. Porém, não é certo que você o mande embora sem sequer escutá-lo.

– Pai, em meio a toda a nossa infelicidade, não foram poucas as vezes em que você pediu a minha opinião, apesar de eu ser muito jovem – disse, então, Antígona. – Portanto, vou opinar agora também. Deve ouvir o conselho do rei que tanto nos ajudou. Que venha o nosso irmão para lhe falar, pois não pode forçar você a mudar de opinião se o que ele disser não for de seu agrado. Além do mais, nada lhe custará ouvi-lo. Entretanto, por maior que seja o mal que lhe tenha feito, não deve pagá-lo na mesma moeda! Afinal, ele é seu filho. Deixe que venha, pai. Outros pais se zangam com seus filhos insensíveis, mas acabam abrandando sua ira com os conselhos dos amigos. Você mesmo sofreu muito por causa de seu pai e de sua mãe. Não se esqueça disso. A ira desenfreada sempre acaba mal. Volte atrás, então. Nem é certo que precisem lhe pedir que aja de acordo com o que é justo e sensato. Ademais, não devemos aceitar a bondade dos outros e, em troca, ignorar seus bons conselhos.

– Antígona, minha filha, o que posso dizer agora? Suas palavras me venceram. Que ele venha, então! Contudo, deverá se contentar com minha resposta, e com a de mais ninguém!

– Mas é assim que deve ser – disse Teseu. – Embora não seja homem de muitas palavras, quero lhe dizer mais uma coisa:

você não deve ter medo de ninguém enquanto os deuses ainda me mantiverem o vigor.

– Aí está ele – disse Antígona – e vem sozinho.

– Quem está aí? De quem você está falando?

– Daquele de quem falávamos até agora: Polinice. Ele está agora bem na sua frente.

UM DOS FILHOS PEDE AJUDA PARA MATAR O PRÓPRIO IRMÃO

– Ai, o que vejo, minhas irmãs! – disse Polinice. – Em vez de lamentar por meus tormentos, chegou a hora de chorar por nosso velho pai, que agora encontro exilado e desamparado, sujo e de cabelos emaranhados, com roupas rasgadas e encardidas. E o que é pior: está em pele e osso! E eu, o desgraçado, tomo conhecimento muito tarde de tudo isso! Confesso ainda que sou culpado por essas privações por que ele está passando. Devo ser o pior homem do mundo, já que não me importei nem um pouco com meu pai! Ah, que o espírito da Bondade, que sempre se posta ao lado de Zeus e lhe dá conselhos, possa me encarar também com simpatia, agora que estou cheio de remorso pela dureza de meu coração! Mas, meu pai, por que está virando o rosto para o outro lado? Não vai me dizer nem uma palavra? Nem me contar o porquê de estar tão zangado? Ai, minhas irmãs! Falem alguma coisa vocês também. Peçam-lhe que fale e não me expulse de sua presença de maneira vergonhosa, uma vez que já me ajoelhei em súplica diante do altar de Possêidon!

– Já que tanto anseia por uma palavra dele – disse Antígona – diga-lhe o motivo de sua vinda até aqui e o que deseja. Creio que ele sentirá a necessidade de responder, quer você o agrade, quer o deixe furioso.

– Tem razão, minha irmã, direi tudo a ele. Mas, primeiro, peço auxílio do deus em cujo altar fiz minha súplica. Em seguida, agradeço também ao rei deste país, que me deu licença para vir aqui falar, ouvir e, enfim, ir embora sem que ninguém me importune. Agora, pai, lhe direi qual foi a razão de vir até você. Como sabe, Etéocles expulsou-me da pátria porque desejava o poder real que por direito pertence a mim. Afinal, sou o mais velho de seus filhos. Expulsou-me sem justificativa, luta ou vitória, mas ludibriando o povo por meio de mentiras. Assim, exilado, fui para Argos, onde me casei com a filha de Adrasto, o rei dos argivos. Lá fiz amizade com intrépidos comandantes, que se prontificaram a me ajudar a recuperar o trono que me pertence. E agora, com sete exércitos e sete generais, partimos para sitiar Tebas, tendo antes jurado que morreremos guerreando ou baniremos aqueles que me injustiçaram. Portanto, meu pai, vim lhe fazer um pedido, em meu nome e de meus aliados, os quais você conhece: o primeiro é Adrasto, pai de minha esposa; o segundo é Tideu da Etólia; o terceiro, Anfiarau, invencível com a lança e infalível em profecias; o quarto é Hipomedonte, enviado por seu pai, Talau; o quinto é Capaneu, que se gaba de poder, sozinho, derrubar os muros de Tebas; o sexto é Partenopeu da Arcádia, o valoroso filho de Atalanta; e o sétimo sou eu, o fruto da má sorte, que se diz seu filho. Nós sete, pai, viemos pedir-lhe, por tudo o que há de mais sagrado e pela vida de suas amadas filhas, que deixe de lado a raiva que, embora com toda a razão, você sente por mim. Afinal, agora parto para a guerra a fim de vingar-me de meu irmão, que me expulsou e roubou, tomando o trono que é meu! Venho pedir-lhe apoio porque, se acreditarmos nos sagrados oráculos de Apolo, a vitória será daquele que tiver o pai ao seu lado. Por isso, lhe imploro pelas águas sagradas de nossa terra ancestral e pelos nossos deuses familiares que deixe sua mágoa profunda de lado e aceite vir comigo. Eu também sou pobre, exilado como você, e com o mesmo destino: viver pedindo e lisonjeando os outros, enquanto meu irmão tem tudo e pavoneia-se, sentado no trono que tomou de mim! Ah, mas esmagarei o miserável se você tomar o meu partido e me der a sua bênção! Então, pai, o levarei de volta ao seu palácio, para que você esqueça ao meu lado todos os tormentos por que passou no estrangeiro. Tudo isso é uma promessa, e tenho orgulho em dizer que a cumprirei, se essa for a sua vontade também, pois, senão, nem eu posso me salvar.

Foi isso que disse Polinice, esperando com aflição pela resposta do pai. Este, porém, permaneceu mudo, até que o líder dos anciãos rompeu o silêncio:

– Édipo, dê a ele uma resposta. Se não quer fazer isso por ele, faça-o por aquele que permitiu que ele viesse até você. Diga-lhe o que acha certo e, em seguida, deixe-o ir embora.

– Meus bons amigos, se não fosse Teseu a enviar Polinice até mim, este jamais ouviria o som de minha voz! Contudo, agora receberá em troca umas palavras que o impedirão para sempre de encontrar um momento de alegria! Hipócrita miserável! Quando sua palavra era lei em Tebas, não foi você que mandou exilar a mim, seu pai, não se importando se eu iria vagar sem pátria e sem teto por aí, vestindo estes trapos? Se seus olhos agora se enchem de lágrimas ao me ver, não é porque tem pena, mas porque também caiu em uma desgraça igual à minha! Por isso, não quero as suas lágrimas. Sei quem foi que me mandou para as ruas para mendigar como um vagabundo, e sei que agora não estaria vivo se não tivesse as minhas duas filhas, que têm pena e cuidam de mim. E como homens, não como mulheres, é que suportam tanta coisa por minha causa. Vá embora, então! Vá para onde o destino já determinou que você deve pagar por seus atos! Afinal, se realmente os seus exércitos partiram para Tebas, ponha de uma vez na cabeça que não haverá meio de entrar na cidade, mas o que está escrito é que morrerão você e seu irmão, manchando as mãos um com o sangue do outro! Então, ao invés de minha bênção, dou-lhe minha maldição, a você e a ele! Para que aprendam, a caminho do Hades, que devem respeitar o seu pai, e não desprezá-lo, estando ele cego e debilitado.

Saibam ambos e também todos os outros que, quer se ajoelhem suplicando aos altares, quer se sentem em altos tronos, orgulhosos de si, a justiça divina os tem nas mãos. Ela se mantém como uma sentinela sempre vigilante ao lado das eternas leis de Zeus, que jamais foram escritas. Que você vá, então, carregando a minha maldição! E que a profecia de Apolo se mostre verdadeira! Que você não possa se salvar para pôr os pés na terra pátria da sagrada Tebas e tampouco retorne a Argos, morrendo pelo golpe da mão de seu irmão, matando-o também. Assim, que pelo menos caiam ao solo um nos braços do outro, já que, sendo irmãos, jamais se abraçaram em vida! Pois bem, você ouviu o que eu tinha a dizer. Agora vá e transmita a mensagem a seus homens. Grite-a também aos tebanos, para que todos saibam que Édipo repartiu sua herança igualmente entre seus filhos.

– Ai de você, Polinice! – disseram os anciãos. – Veio pedir uma coisa e conseguiu outra. Agora, só o que lhe resta é percorrer o caminho de sua ruína!

– Oh, desgraça! Minha e dos meus aliados! Quer dizer, então, que saímos de Argos destinados a um mal tão grande assim? Além disso, não posso dizer a ninguém que está escrito que pereceremos diante dos sete portões de Tebas! E agora, minhas irmãs, em nome dos deuses, imploro a vocês que, se as maldições de nosso pai me atingirem e acontecer de vocês irem a Tebas, não recusem o único favor que lhes peço: enterrem meu cadáver miserável com as devidas honras que se devem aos mortos, para que minha alma não seja atormentada eternamente. E se agora são elogiadas pelas preocupações que carregam por nosso pai, da mesma serão louvadas também por isso que farão por mim!

– Polinice, se dá valor à vida, ouça-me!

– O que tem a me dizer, Antígona?

– Volte para Argos com o exército!

– Isso não é possível. Chamariam-me de covarde e desertor!

– O que ganha em arruinar a sua pátria e ainda perder a vida?

– E o que ganho em viver exilado e ainda com meu irmão rindo de mim?

– Então prefere que se realize a profecia que diz que um matará o outro?

– Profecia nenhuma me fará mudar de idéia!

– Entretanto, mudará quando se vir sem aliados. Sim, porque quem irá acompanhá-lo ao saber dos oráculos que anunciam a sua perdição?

– Cuidarei para que não fiquem sabendo. Um general competente fala o que é bom e esconde o que é ruim.

– Então, está assim tão decidido?

– Sim, e não me retenha por mais tempo. Tomarei o meu rumo, ainda que seja ele negro e lastimoso, pois as Moiras e meu pai querem assim. Era isso o que tinha a dizer... Adeus! Caso se preocupem comigo, caras irmãs, a única coisa que podem fazer é cuidar de mim morto, pois vivo não hão de me ver de novo!

– Oh, desgraça! O infeliz vai correndo para o Hades! – disse Antígona.

Após a partida de Polinice, mais uma vez os anciãos, em coro, tomam a palavra:

Más notícias chegaram de novo
e nos fazem suspirar profundamente!
Quando, porém, as Moiras assim querem,
quem é que pode ousar desafiá-las?
E quem será aquele a ir contra
o poder dos deuses imortais?
Jamais ouvi falar que os deuses algum dia
tenham decidido algo que não se cumpriu!
Com o tempo, muitas coisas se realizam,
pois num só dia muitas coisas desabam
e outras tantas se erguem até os céus!

Oh, Zeus! O céu relampeja,
troveja, e a terra se agita.
Todo o universo escureceu.
Que mensagem envias, deus meu?

– A mensagem é para mim – pressentiu Édipo. – Tratemos de nos apressar! Alguém deve correr em busca de Teseu!

Que desastre de raios, relâmpagos, trovões!
Como um mal assim pode tornar-se um bem?

Ai, de novo relampeja e tenho medo, tremo!
Pois não sei qual será o final
da tua cólera, ó grande Zeus!
Se, porventura, tivermos acolhido alguém
por quem tu nutres um ódio muito grande,
ajoelho-me, em súplica, aos teus pés:
que a tua fúria não rebente sobre nós,
pai dos homens!

– Teseu, onde está Teseu? Ele precisa me encontrar ainda vivo! Devo-lhe muito por tudo o que fez por mim! – dizia Édipo.

Soberano de Atenas, três vezes glorioso!
Onde quer que estejas, vem correndo.
O estrangeiro te procura e deseja,
pela cidade, pelos amigos, por ti,
por tudo que recebeu de bom,
pagar-te com o bem.
Não demores, porque o tempo
tudo varre e sempre imperturbável permanece.
Por isso corre, Teseu, pelo estrangeiro,
pela cidade, pelos amigos, por ti!

Teseu não demorou a aparecer:

– Anciãos, por que me chamam? Édipo, o que deseja? O que significam esses trovões e relâmpagos de Zeus?

– Chegou o meu fim, Teseu. Os deuses, que não sabem mentir, avisaram-me que, em meio a raios e trovoadas eu marcharei para a salvação!

– Acredito em você, Édipo, pois tudo o que os deuses disseram provou ser verdade. Apenas me diga o que devo fazer.

– Sim, porque antes de morrer eu lhe revelarei um segredo, que será uma bênção para a cidade hoje, amanhã e sempre. Eu, agora, apesar de cego, tomarei sozinho, sem ninguém para me guiar, o caminho do Hades. Você me seguirá, tendo minhas filhas um pouco atrás. Porém, você será o único que saberá onde e como Édipo desapareceu. E nada dirá a ninguém. Somente você escutará o segredo, um segredo que trará à sua cidade um bem tão grande como nenhum poder neste mundo poderia proporcionar. Você guardará esse segredo com sagrada devoção e, apenas quando chegar a hora de sua morte, o revelará àquele que for ficar em seu lugar. Este, por sua vez, o transmitirá ao seu sucessor. Agora sigam-me, e não se preocupem em guiar a minha marcha, pois Hermes e Perséfone, a deusa do mundo inferior, conduzirão a minha alma.[21]

Assim, Édipo, seguido por Teseu e pelas duas garotas, chegou ao lugar em que estava gravado na rocha o juramento de amizade entre Teseu e Pirítoo. Ali perto havia uma fenda na terra que conduzia ao Hades. Pediu, então, que suas filhas o banhassem, conforme os costumes fúnebres. Feito isso, o céu trovejou e as moças, assustadas, caíram aos pés do pai, agarraram seus joelhos e os beijaram.[22]

– Minhas filhas – disse Édipo – a partir de hoje não estarão mais ao lado de seu pai, que tanto amaram e de quem cuidaram com tanto carinho. Ele também amou vocês como nenhum outro pai na face da Terra. Agora deverão tocar a vida sozinhas, mas já sem o fardo de ter de se preocupar com o meu pão de cada dia. Nem sequer precisarão se incomodar em me dar sepultura, porque os deuses, que tanto me perseguiram outrora, agora têm simpatia por mim e me chamam para descer ao Hades sem ter de passar pelos estertores da morte!

Dizendo essas palavras, ele as envolveu em seus braços, e os três, fortemente abraçados, romperam em soluços.

[21] Uma das principais atribuições de Hermes era conduzir as almas dos mortos ao Hades. Por causa dessa função, ele tinha o nome de *Psicopompo*, "o que envia as almas".

[22] Abraçar e beijar os joelhos da pessoa de quem se desejava obter algum favor fazia parte do ato de súplica na cultura grega antiga.

A REDENÇÃO DE ÉDIPO

Então, ouviu-se uma voz que vinha de longe, de dentro da fenda na terra:

– Édipo, o que espera? Chegou a hora e você está demorando.

Então, Édipo, que percebeu quem o chamava, pediu a Teseu que se aproximasse:

– Teseu, confio a você minhas filhas e estou seguro de que fará o melhor para elas. E vocês, minhas queridas, que agora ficam órfãs, tenham coragem e se afastem de seu pai, pois não devem ver o que vai acontecer, nem ouvir aquilo que só o rei de Atenas deve escutar.

Com os olhos cheios de lágrimas, as garotas obedeceram e se afastaram. Então, Édipo pegou Teseu pela mão e prosseguiu em direção à fenda na terra.

Pouco tempo depois, Teseu retornava, sozinho. Trazia estampada no rosto uma emoção que era um misto de contentamento e tristeza. Estava satisfeito por ouvir o segredo que Édipo lhe confiara, mas também cheio de dor pela perda de um homem de coração nobre. Enfim, aproximando-se das duas moças, disse:

– O pai de vocês, o homem que passou pelas maiores amarguras e pelos mais terríveis tormentos, foi embora aliviado de todo o horror que lhe torturava a alma, tendo recebido de mim a promessa de que farei por vocês o que for melhor. E não chorem, porque a morte que os deuses concederam a Édipo foi uma honra que jamais algum mortal recebeu. Seu pai caminhou para o Hades sem deixar um túmulo e sem precisar de lamentos e cantos fúnebres.

Então, as duas jovens, recobrando o ânimo, enxugaram as lágrimas. Em seguida, disse Antígona:

– A melhor coisa que pode fazer por nós é seguir o mais depressa possível para Tebas. Talvez cheguemos a tempo de evitar o mal que pende sobre as cabeças de nossos dois irmãos.

– Farei isso e o que mais desejarem. Por vocês e pela obrigação que tenho para com seu pai. E se ele errou, foi de maneira tal que a raça dos homens o honrará para sempre!

SETE CONTRA TEBAS

adaptação livre baseada nas tragédias
As Fenícias, *de Eurípides*[23] *e*
Sete contra Tebas, *de Ésquilo*[24]

[23] **Eurípides**: (aprox. 485-406 a.C.) o mais novo dos grandes tragediógrafos atenienses. Recebeu uma educação completa nos moldes da época. Foi discípulo de filósofos como Anaxágoras e Protágoras, cujas idéias o influenciaram. Escreveu ao todo cerca de oitenta ou noventa peças, das quais 17 chegaram até nós. Depois de 408 a.C., o grande dramaturgo retirou-se para a corte de Arquelau, rei da Macedônia, onde foi recebido com honrarias e viveu seus derradeiros dias. É autor de *Medéia*, *As Bacantes*, *Electra*, *Hipólito*, *Ifigênia em Áulis*, entre outras. Aristóteles o considerava o melhor dos trágicos.

[24] **Ésquilo**: (525-456 a.C.) nasceu em Elêusis, perto de Atenas, e morreu em Gela, na Sicília. É considerado o fundador da tragédia grega. Graças à introdução de um segundo ator, ele tornou possível o verdadeiro diálogo e a ação dramática. Escreveu mais de oitenta peças, das quais conservam-se apenas sete: *As Suplicantes*, *Os Persas*, *Sete contra Tebas*, *Prometeu Acorrentado*, *Agamêmnon*, *As Coéforas* e *As Eumênides*.

ANTÍGONA LUTA PELA RECONCILIAÇÃO

Do lado de fora do palácio de Tebas, Antígona aguardava impaciente pela chegada de seu fiel tutor. Havia lhe pedido que se infiltrasse secretamente no exército dos Sete para procurar Polinice e rogar que aceitasse encontrar Etéocles. Talvez alguma coisa boa pudesse resultar desse encontro e o assassinato entre os dois irmãos fosse evitado. Por fim, o tutor apareceu:

– Venha, meu bondoso mestre! – gritou-lhe Antígona.

E quando ele se aproximou, ela perguntou cheia de agonia:

– Diga-me: viu meu irmão?

– Sim, vi. Ele aceitou a sua proposta. Virá encontrá-la e não se recusará a reunir-se com Etéocles.

– Você está me dando uma grande alegria, ancião! Mas, diga-me, ele não tem medo de entrar sozinho na cidade?

– Levou em conta o perigo, mas, segundo me disse, decidiu aceitar apenas por sua causa.

– Apenas por minha causa? Ele não quer resolver as diferenças com o irmão pacificamente?

– Quer e não quer. Nutre um ódio indelével por Etéocles e diz que não permitirá que ele fique com um trono a que não tem direito.

– Quer dizer que, se Etéocles não voltar atrás, sangue será derramado?

– É o que temo. Quando falávamos, ele olhou por um instante seus aliados, os generais argivos. Pude perceber que leu em seus olhares bravios a decisão inabalável de atacar as muralhas, arrebentar as portas da cidade e, sufocando com sangue toda e qualquer resistência, submeter Tebas. Polinice não pode recuar agora. No entanto, ignorando todos os perigos, ele entrará na cidade em segredo para se encontrar com Etéocles. Ainda que, diz ele, não acredite que o irmão seja razoável e devolva a coroa. Ao ouvirem sua decisão, os outros comandantes mostraram-lhe claramente não concordar: "Estamos com Tebas em nossas mãos. Faremos pilhas e pilhas de despojos e incontáveis escravos!", disseram eles. Se você os escutasse, se visse os olhos deles, diria que Tebas está perdida...

– Polinice concorda com eles?

OS SETE COMANDANTES PRONTOS PARA A GUERRA

– Ah, minha filha! Você deve saber que, de todos os males que já assolaram os palácios, o pior é o amor ao poder. É ele que faz um irmão se armar contra o outro, um pai contra os filhos e até os filhos contra o pai! E foi ele que cegou, agora, Etéocles e Polinice. Se quiser, venha, suba estas escadas. De lá de cima pode-se ver o exército inteiro. Vendo aqueles que se preparam para a batalha, perceberá que não estão dispostos a recuar.

– Sim, quero fazer o que você me sugeriu. Seja por curiosidade, seja por interesse, quero ver o que acontece atrás das muralhas. Apenas me dê a sua mão.

– Venha, suba, mas com cuidado!

– Estou tomando cuidado, ancião. Ai, meus irmãos! Que deus os impeliu a uma guerra fratricida? E, por quê? Por quê?

– Para que a maldição de Pélope se realize e toda a descendência de Lábdaco se afogue em sangue... Mas venha, olhe! Chegamos bem na hora em que dividem as tropas em companhias e o exército argivo toma sua posição.

– Estou com medo, mestre! A planície inteira reluz com o brilho das armas!

– Polinice não viria sem antes fazer uma grande preparação, filha. É por isso que agora lhe digo que ele não pode voltar atrás. Olhe para baixo e veja, se quer conhecer algum dos generais.

– Sim, aquele lá, bem na frente, de penacho branco no elmo, já me tinha chamado a atenção. Mas quem será, afinal?

– É Hipomedonte, de Micenas, grande chefe militar.

– Parece um gigante cruel e terrível! Tenho medo só de vê-lo!

– Contudo, ainda mais terrível é aquele ali, de armadura insólita. É Tideu, da Etólia.

– Você quer dizer aquele que se casou com a irmã da esposa de Polinice?

– E que agora ameaça destruir Tebas inteira!

– Ai, que parentes meu irmão foi arranjar! Mas diga-me agora quem é aquele que está passando em frente ao túmulo de Zeto. Deve se tratar de algum general importante, porque há várias tropas a acompanhá-lo.

– É Partenopeu, filho de Atalanta.

– Ah, por que Ártemis não o matou com suas setas infalíveis quando caçava na companhia de Atalanta nas encostas das montanhas? Mas não, deixou-o viver somente para que agora venha atacar minha cidade!

– Quem dera fosse assim, mas os deuses têm outros planos.

– E quiseram que nosso destino fosse cruel, meu velho amigo... Mas onde está o meu irmão? Onde está Polinice?

– Veja, está ali embaixo, perto dos sete túmulos das filhas de Níobe. Ao seu lado está seu sogro Adrasto, o rei de Argos.

– Ah, sim! Posso ver os dois. Porém, como é possível que meu irmão deseje mal a Tebas? Que venha logo para eu cair a seus pés e lhe implorar que esqueça o que lhe fizeram, e que não procure vingar-se de maneira pior ainda! Agora, diga-me, quem é aquele que conduz o carro branco?

– É Anfiarau, sábio e adivinho, mas também um bravo guerreiro. Não concordava com Adrasto a respeito dessa guerra, da qual nem queria participar. Contudo aceitou, porque certa vez foi obrigado a jurar que toda a discordância que surgisse entre eles seria resolvida de acordo com o que decidisse sua mulher, Erifile. Esta o obrigou a tomar parte na guerra apenas por causa de uma jóia que Polinice lhe ofereceu: o famoso colar da eterna juventude, dado de presente pela deusa Afrodite a sua filha, Harmonia, quando esta se casou com Cadmo. O nobre Anfiarau sabe que os argivos serão derrotados, e também que ele mesmo será morto no combate. No entanto, foi forçado a participar da guerra.

– Quem dera que se realizasse a sua previsão, contanto que ele e meu irmão se salvassem! Porém, em algum lugar deve estar também Capaneu. Ouvi dizer que ele é um guerreiro terrível e cruel.

– É aquele que anda de um lado para outro perto das muralhas. Certamente procura um lugar por onde possa escalar os muros. É insolente e atrevido. Gaba-se de que, ainda que esteja agindo contra a vontade dos deuses, entrará na cidade e arrastará as tebanas para Micenas, como escravas.

– Oh, Zeus! Castigue com o fogo de seu relâmpago esse homem que pretende que carreguemos as bilhas de água em seu palácio! A morte seria mil vezes preferível a uma tal escravidão!

– Você não deixa de ter razão, filha, mas agora vamos descer. E você vá para dentro por um instante. Viu os sete chefes e seus exércitos. Agora está vindo um grupo de mulheres para suplicar aos deuses.

– Sim, entrarei, mas me chame assim que tiver notícias.

"ZEUS, FAZ COM QUE OS IRMÃOS SE RECONCILIEM!"

Os dois desceram as escadas e Antígona entrou no palácio, onde chegaram as mulheres, parando diante do altar de Zeus. Em seguida, erguendo os braços em direção ao céu, todas juntas disseram estas palavras:

Zeus Pai, ajuda-nos! Salva-nos!
Salva Tebas da maldição de Pélope!
Não deixes que irmão degole irmão,
que mal pior não há no mundo.
Não deixes que a escravidão
nos arraste, as infelizes,
e companheiras nossas se derramem
em dor e lágrimas copiosas.

E quanto ao deus que,
juntamente com a Discórdia,
teimoso espreita em tocaia os nossos muros,
nutrindo o ódio, acendendo as paixões,
obscurecendo a mente dos homens,
não o deixes arrastar os jovens
valorosos, que amam a vida,
para a carnificina e a guerra.
Antes, expulsa Ares para longe de nossa terra e
faz, nosso pai, rei dos deuses,
faz, Zeus, reconciliarem-se os irmãos!

Porém, ai de mim, sei
que as preocupações dos homens
são outras que não as dos deuses.
Pois Ares não golpearia com furor as nossas portas
se tivesse a intenção de ir embora tão depressa.
E as Erínias, que atingiram Laio, Édipo, Jocasta,
não deixarão agora ilesos Etéocles e Polinice.
Temo que não descansarão enquanto
não reduzirem a cinzas Tebas de Sete Portas!
No entanto, Zeus, tu podes
tu podes, se quiseres,
espantar para longe
a enorme desgraça da guerra!

– Será que estou enxergando bem? – disse uma das mulheres. – É Polinice que entrou na cidade, assim armado até os dentes?

– Sim, eu mesmo, Polinice. Pude deslizar pelas muralhas com facilidade. Mas, ai de mim se acabei caindo em uma armadilha e me apanharem. Como feras ensandecidas os inimigos se lançarão sobre mim! Que eles ousem fazer isso, porém! Então, verão do que sou feito e como é cortante este punhal... mas agora tenho pressa de ver Antígona.

– Não tenha medo de haver caído em uma armadilha – disse o tutor de Antígona –, neste lugar você não corre perigo.

Quanto a sua irmã, virá imediatamente. Antígona! Ei, Antígona! Chegou aquele que você tanto queria ver! Veja, aí está ela! Venha, filha, seu irmão está aqui. Eu, porém, vou agora subir ao alto da muralha. Quero ver o que está acontecendo.

ANTÍGONA RECEBE POLINICE

– Meu querido irmão, venha me dar um abraço! Não devíamos tê-lo perdido! Você não devia ter sido expulso para longe de nós, que o amamos, pois ansiávamos demais por vê-lo! Ficamos sabendo que você se casou em terra estranha, sem as nossas bênçãos e sem festejar conosco. Porém, antes fosse isso o pior de tudo! Seu casamento no estrangeiro nos trouxe muitas desgraças, meu irmão! Se você e Etéocles não tivessem brigado, agora tudo estaria bem... Mas nosso destino era sermos perseguidos pelos deuses, por causa das faltas cometidas por nossos antepassados. Bem, deixemos isso de lado. A guerra pende sobre nossas cabeças: é esse o mal que devemos tratar de evitar!

– Antígona, minha irmã, vim até aqui, sem me importar com todos os perigos, porque foi você quem me pediu. Os deuses aceitaram as libações que lhes ofereci e me ajudaram a passar secretamente pelas muralhas. Porém, quando revi a nossa casa, os altares dos deuses, os ginásios onde cresci e a fonte de Dirce, meus olhos encheram-se de lágrimas e meu coração ficou apertado. Afinal, eu, que fui expulso de minha pátria, derramei dos olhos, no estrangeiro, em vez de lágrimas, sangue! E esse mal foi meu próprio irmão que me causou!

– Não diga isso, pois não sabe se a culpa é mesmo de Etéocles ou de algum deus que resolveu extinguir para sempre a família dos descendentes de Lábdaco. Do mesmo modo, não sei o que poderíamos fazer a respeito daquilo que os deuses já decidiram... mas também não podemos deixar de tentar. Por isso, eu mandei chamar você e Etéocles. Creio que ele esteja para chegar a qualquer momento. Mas, agora diga-me, por que é tão terrível o exílio?

– Minha irmã, você só entenderia se passasse por isso.

– E se não faltasse nada para o estrangeiro no exílio?

– Falta-lhe a pátria, os entes queridos e, pior de tudo, a liberdade.

– Quer dizer que um expatriado não pode dizer aquilo que pensa?

– Além disso, também é obrigado a concordar com todas as idéias imbecis dos poderosos!

– Mas existe a esperança.

– Um consolo que, no final, torna-se um mal pior ainda quando se revela uma ilusão.

– Como você vivia antes de se casar?

– Muitas vezes fui dormir de estômago vazio, minha irmã.

– E quanto aos amigos de nossos pais? Não o ajudaram?

– Quando o vêem em decadência, todos desaparecem.

– Nesse caso, o nome de nossa família deve, pelo menos, tê-lo ajudado...

– Nome não enche o estômago de ninguém, Antígona!

– No entanto, você teve uma grande ascensão em Argos.

– Mas não foi como você imagina.

– Como aconteceu, então?

– Eu lhe direi, já que quer saber. É uma história estranha. Certa vez, Adrasto recebeu de Apolo um oráculo segundo o qual devia casar uma de suas filhas com um leão e a outra com um javali. Ele, então, não sabia o que fazer. Exatamente naqueles dias, eu cheguei a Argos e, como estava faminto e fatigado, fui ao palácio de Adrasto para pedir comida e abrigo. Atrás de mim vinha um outro, que também havia sido expulso de sua terra. Era Tideu, filho de Oineu, rei de Cálidon, mas estava, como eu, em estado lastimável. Deram-nos algo para comer e, em seguida, fomos conduzidos a um albergue, para que pudéssemos dormir. Lá havia apenas uma cama e uns trapos no chão. Tideu disse, então, que a cama ficaria para ele, apontando-me os trapos. Senti-me ofendido com seus modos e lhe disse algumas palavras pesadas. Então ele me insultou, e o resultado foi que acabamos partindo para a violência física. Enfim, desembainhamos as espadas e apanhamos os escudos, prontos para um duelo. Àquela hora, o próprio Adrasto surgiu à porta: "O que está acontecendo aqui?", gritou ele, zangado. Imediatamente, porém, pousou o olhar em nossos escudos. Sobre o meu estava representado um leão, o brasão de Tebas, e no de Tideu, um javali, que é o emblema de Cálidon. "Vocês são feras selvagens, por acaso, para brigar assim?", continuou, "Tratem de embainhar as espadas e me digam por que um de vocês tem um leão no escudo e o outro, um javali". Nós lhe explicamos. Em seguida, ele nos contou sobre o oráculo e, já no outro dia, casou-nos com suas duas filhas. Porém, não foi só isso. Adrasto, quando nos tornamos seus genros, prometeu, com um solene juramento, que nos devolveria os tronos de nossos pais. Decidiu-se, então, que a primeira campanha seria feita contra Tebas, que é mais próxima de Argos. Assim, a sorte me sorriu. Graças a essa mesma sorte, e a nada mais, encontrei a ajuda de que precisava para reaver aquilo que perdi de maneira tão injusta! Agora, aquele que cometeu a injustiça contra mim, que pense nisso muito bem antes de resistir à nossa potência. Somos sete generais bem resolutos: eu, Adrasto, Tideu e outros quatro chefes do Peloponeso. Temos um exército forte e corajoso, e não recuaremos. Passei por muitas coisas no estrangeiro. Agora quero o trono de meu pai, pois quando não temos força e poder, ainda que sejamos descendentes de uma grande família, não somos nada!

CHEGA ETÉOCLES

Era isso que dizia Polinice quando, de repente, as mulheres gritaram:

– Etéocles está chegando! Ah, permitam os deuses que os dois irmãos façam as pazes!

Então, a líder das mulheres disse a Antígona:

– Chegou o momento de você ajudá-los, com suas sensatas palavras!

– Isso se eles quiserem aceitar ajuda... – respondeu Antígona, e, voltando-se para o irmão, que acabava de chegar:

– Ah, venha, Etéocles. Aqui está o seu irmão. Vocês dois me propiciaram uma grande alegria! Por favor, não a destruam!

– Eu vim, minha irmã, e estou disposto a fazer tudo para deixá-la muito contente... mas, antes, esse seu irmão deve mostrar alguma sensatez, pois o que quer é algo absurdo!

OS IRMÃOS RELUTAM EM SE RECONCILIAR

Então, Antígona interferiu:

– Não se apresse em fazer julgamentos e críticas, meu irmão. Ponha a mão na consciência e pense antes de se pronunciar ou tomar decisões. Perdoe-me por lhe falar assim, mas você não tem um pai que o repreenda, nem mãe que o aconselhe. Nós, suas irmãs, somos frágeis, e é um hábito antigo não se levar em conta a opinião das jovens moças.[25] Contudo, faça de conta que é a nossa mãe que está falando, pois, se estivesse viva, ela lhe diria o mesmo que digo agora. Acalme esse seu olhar feroz e pare de rosnar de raiva e ressentimento. Olhe no

[25] Nos tempos históricos, as mulheres só apareciam em público durante as procissões religiosas. O casamento era, por assim dizer, um negócio decidido pelos pais, que detinham autoridade absoluta sobre os filhos, e a moça não conhecia previamente seu futuro marido. Após o casamento, a mulher ateniense ficava sob a tutela de seu cônjuge, sem desfrutar de nenhuma independência. A mulher não ia ao mercado nem convivia com os amigos do marido. Sua glória era “ser falada o mínimo possível entre os homens, seja pelas qualidades, seja pelos defeitos”. No entanto, apesar das limitações rigorosas, a vida de uma mulher ateniense casada não parecia infeliz, e muitos epitáfios demonstram profunda afeição e tristeza causada pela separação; entretanto, já no final do séc. V a.C., surgiram várias idéias referentes à emancipação das mulheres.

rosto de seu irmão, pois não é a cabeça da Górgona que você tem à sua frente! Quanto a você, Polinice, olhe para Etéocles. Se o olhar nos olhos, falará melhor com ele e prestará atenção ao que lhe disser. Nossa mãe dizia que, se dois amigos brigam e querem fazer as pazes, devem olhar um nos olhos do outro e ter em mente tudo aquilo que os une, esquecendo-se de todas as outras coisas, as coisas ruins, para sempre. Agora, Polinice, diga-nos por que veio até aqui conduzindo um exército estrangeiro. Se você foi injustiçado, deixe que algum deus seja o juiz, que com seu justo veredicto reconciliará vocês dois!

– Falarei de maneira simples e clara, minha irmã, porque, quando se diz o que é certo, palavras empoladas e sofismas não são necessários! O direito fala por si! – disse Polinice. – Todos sabem que eu, assim como havíamos combinado, entreguei o poder a meu irmão, e este jurou que, depois de um ano, devolveria o trono para mim. Todavia, ele passou por cima de todos os juramentos e acordos. Não quer entregar o cetro e usurpa meu poder e todos os meus bens. E ainda por cima expulsou-me da cidade! Eu, entretanto, estou decidido a retomar aquilo que me pertence, enviar o exército de volta para Argos e, depois de ocupar o trono por um ano, entregá-lo novamente a ele, conforme havíamos combinado. Não quero pilhar a cidade em que nasci, absolutamente, e nem me dá prazer escalar suas muralhas, mas é o que acontecerá se o meu direito me for negado. Os deuses são testemunhas de que farei tudo o que disse apenas porque fui injustamente afastado da pátria! Era isso, em poucas e simples palavras, o que eu tinha a dizer. Creio que pareçam justas tanto a um sábio quanto a um simplório!

– Você falou certo e de maneira sensata – disse a líder das mulheres. – Que Etéocles também seja sensato, para que possamos todos nos alegrar com a reconciliação dos irmãos e a paz!

– Serei sensato, certamente! – respondeu Etéocles. – Se, contudo, todos estivessem de acordo quanto ao que é certo e prudente, jamais os homens brigariam, nem teríamos guerras neste mundo. Na teoria podemos dizer que isto ou aquilo é o certo, mas na prática não é bem assim. De mim, ouvirão a pura verdade. Eu subiria até as estrelas, correria até onde o Sol nasce e até onde ele se põe, desceria ainda às entranhas da terra, se fosse possível, mas somente por um objetivo: ter ao meu lado a mais importante de todas as deusas, Basiléia, o Poder Real! E esse homem vem agora dizer-me que a abandone, agora que a tenho! Contudo, se fizesse isso, digam-me: eu seria um homem forte e ajuizado ou um qualquer, tolo e fraco? Não seria para mim uma grande vergonha descer do trono só porque esse homem veio aqui, armado e com um exército, ameaçando arruinar o país? Se viesse sem ameaças, eu o deixaria de bom grado permanecer em sua terra natal, mas isso que ele pede jamais farei! Eu não abandonarei o trono para me tornar seu escravo, pois isso só um louco faria! Então, vamos à guerra! Saquemos das espadas! Que a planície fique repleta de carros de guerra! O trono eu não entregarei! Afinal, se admitirmos que alguma vez se cometa uma injustiça, apenas a manutenção do poder real poderia justificá-la. Quanto ao resto, é preciso ser sempre justo e piedoso!

AS PALAVRAS DE ANTÍGONA SÃO INÚTEIS

O grupo de mulheres ficou surpreso com as palavras de Etéocles:

– Por que disse essas coisas, majestade? Por que dá valor à iniqüidade e ofende a justiça?

Então, disse Antígona:

– Etéocles, meu irmão! Por que venera a pior das deusas, Filarquia, o Amor ao Poder, em detrimento de todas as outras? Por que se deixou enlouquecer por ela, sabendo que, onde quer que já tenha entrado, em cidades ou palácios, só trouxe a perdição? Como foi se esquecer de Isótis, a Igualdade, a única deusa que une estreitamente irmão a irmão e amigo a amigo? Sem ela não podemos ter nem paz nem amizade verdadeira. Afinal, quando um tem muito e o outro, pouco, apenas desgraças podem acontecer. Veja como as duas irmãs, Nicta, a Noite, e Hemera,[26] o Dia, dividiram corretamente o tempo entre si. Dessa maneira, espantaram o ciúme para longe e vivem em harmonia! E agora você vem aqui se recusar a dividir o poder e a fortuna de um jeito igualitário. Esquece-se de que, se por um lado Basiléia lhe concede poder e riqueza, não o protege, por outro, de desgraças e sofrimentos. Afinal, injustiça e segurança não andam juntas. Você pensa que honrarias e glória são tudo? Se pensar bem, verá que não são nada! Riqueza em excesso só traz más conseqüências. Para um homem de juízo, o suficiente é o necessário. Contudo, se eu lhe perguntasse o que prefere, o trono ou a salvação da pátria, sei que você escolheria o trono! Mas se a fortaleza de Tebas cair sob as lanças dos argivos, sendo as moças arrastadas como escravas, então você perceberá em que amargo veneno essa sua adoração pelo poder terá se transformado! Quanto a você, Polinice, comportou-se de modo muito tolo ao aceitar a ajuda de Adrasto, organizando uma campanha contra sua terra natal! Sim, pois, caso venha a conquistar a cidade que o gerou, diga-me: qual é o troféu que vai ostentar? Como oferecerá sacrifícios a Zeus? Terá ânimo para gravar inscrições nos templos, como estas: "Polinice, tendo arrasado Tebas, dedica estes escudos aos deuses"? Faço votos de que você jamais venha a desfrutar de tal glória. Se for derrotado, porém, e conseguir voltar vivo para Argos, deixando para trás a planície de Tebas semeada pelos cadáveres do exército argivo, como suportará ouvir alguém dizendo: "Que funestas núpcias foi arranjar, Adrasto? Por causa do casamento de suas filhas perdemos nossos jovens!" Como vê, Polinice, você não calculou muito bem as coisas. Do mesmo modo que seu irmão Etéocles, agiu muito mal. Todavia, reparem seus erros, mesmo agora, antes que seja muito tarde! Não há nada pior do que uma loucura se unir a outra!

[26] Em grego, a palavra "dia" (*Heméra*) é do gênero feminino.

– Antígona, você falou acertadamente! – disseram as mulheres, a uma só voz. – E vocês, deuses, espantem para longe o mal que ameaça Tebas e façam com que os filhos de Édipo se reconciliem!

– Chega de conselhos! – gritou Etéocles. – Só estamos perdendo tempo! Há apenas um modo de fazermos as pazes: eu ficando com o poder real; e você, que quer tomá-lo de mim, longe de nossos muros, se não quiser morrer!

– Quem planeja me matar, saiba que morrerá comigo!

– Vá embora, já disse! A menos que não veja o que trago na mão!

– Estou vendo, mas sei como a riqueza é covarde!

– Então foi para enfrentar um medroso que você veio para cá com um exército tão grande?

– Um bom chefe militar deve ser seguro e prevenido, e não imprudente.

– Fique sabendo, porém, que nem todo o seu exército, nem as libações aos deuses hão de salvá-lo!

– Por que, se só estou exigindo o que é meu de direito?

– Não lhe devemos nada! Vá embora!

– Oh, deuses pátrios! Estão vendo a injustiça! Expulsam-me de minha terra!

– Você é que é o perseguidor de sua terra!

– Vejam quem fala, o perjuro!

– Vejam quem fala, o traidor!

– Você é um usurpador! Roubou o trono de mim!

– Aceite de uma vez por todas: não há nada de seu aqui em Tebas!

– Minha irmã, todas vocês, estão ouvindo o que ele diz?

– Você é inimigo delas! Vá embora, já disse!

– Irei, mas na batalha ficaremos face a face!

– É isso que também desejo!

– Estarei no sétimo portão!

– Irei correndo para lá!

– Oh, desgraça a nossa! – disse Antígona. – Quer dizer que não evitarão a praga que nosso pai lhes lançou?

– O que tiver de ser, será! Eu não entregarei o trono, ainda que este palácio desabe!

– E eu sou expulso como um escravo, como se não fosse filho de Édipo! Mas minha espada não ficará ociosa! Se minha pátria sofrer algum mal, será ele o culpado, não eu! Vou embora e despeço-me de vocês todas, que por mim sofrem; despeço-me das estátuas dos deuses e desta casa, que não sei se voltarei a ver, embora não tenha perdido a esperança. Creio que, com a ajuda dos deuses, derrotarei esse homem e seu exército, e serei coroado rei do trono de meu pai. Agora corro para onde o destino me ordena!

– Vá, e eu hei de alcançá-lo. Diante da sétima porta você pagará por tudo isto!

Enquanto os dois iam embora, Antígona gritou:

– Não, meus irmãos! Não vão para lá! Há muitos tebanos e argivos para lutar entre si e decidir a guerra!

A ÚNICA "SOLUÇÃO" É A GUERRA

Porém, Etéocles e Polinice não quiseram ouvir mais nada e se foram. Desesperada, Antígona correu a se esconder no interior do palácio para chorar. Enquanto isso, as mulheres diziam umas para as outras:

– Ai, matarão um ao outro, os desgraçados! Em vez do trono de Tebas, ganharão um lugar no Hades!

– Tudo isso por não quererem ouvir a voz da razão! Não têm juízo, só teimosia, ódio e cobiça pelo poder!

– Só podemos ter esperança de que algum deus tenha pena deles e os contenha!

– Impossível. Todos os deuses odeiam Etéocles e Polinice, e também não querem ir contra o Destino. O adivinho Tirésias disse claramente: eles morrerão, um pela espada do outro!

– Que pena, que pena... – gritaram todas juntas. Em seguida, cantando, disseram:

Vede o que as Moiras cruéis planejaram,
convidando Ares para as festas de Baco,
nos dias em que a juventude
sorve os prazeres da vida a dançar,
cantar e divertir-se loucamente!
E o furioso deus da guerra
estragou a dança de amor,
dando início, com espadas, com lanças

e com urros ferozes,
ao seu próprio baile de fogo e destruição!

Éris, a Discórdia,
regozija-se agora por
haver separado os irmãos
com um ódio indelével.
E extermina totalmente
a desventurada descendência de Lábdaco,
fazendo chover tormentos e mais tormentos
sobre a já tão sofrida cidade de Tebas.

Oh, Citéron, montanha das Ninfas,
que a Ártemis divertes e a Baco honras,
melhor seria estares agora afundado no Tártaro,
do que teres salvado e nutrido a criança
que a ti trouxeram, de calcanhares atados,
para morrer, desaparecendo
em nome de Tebas, pelos filhos
e filhas da cidade e por suas mães,
que tanto odeiam a guerra!

Mas tu te apiedaste do menino.
Porém, como podias saber
o que os deuses haviam guardado para ele?
Eis que agora, pelo trono dourado de Tebas,
os filhos, três vezes malditos, aguçam
as espadas e ameaçam com fogo esta terra,
o lugar em que ambos nasceram!

E Tebas outrora foi orgulho dos deuses.
Seu fundador foi Cadmo, cuja ascendência
remonta ao próprio Zeus, rei dos deuses.
Todos os filhos do céu se apressaram

a ir às suas bodas,
sentaram-se em tronos todos feitos de ouro
que Hefesto forjou com extrema habilidade
para agradar sua querida Harmonia.[27]
E a filha de Cadmo, a lindíssima Sêmele,
foi escolhida por Zeus para ser a mãe
do deus da alegria, o deus tebano, Dioniso-Baco.
E ainda segundo quiseram os deuses,
ergueu-se ao som da lira de Anfíon
a fortaleza de sete portas da belíssima Tebas!

No entanto, esta nossa cidade,
por capricho do sanguinário Ares,
sempre se encontra em extremo perigo!

– Está vindo alguém! – exclamou a líder das mulheres. – É o tutor; talvez traga alguma notícia! Venha, mestre, diga-nos o que sabe. Creio que veio descendo da torre. Diga-nos, o que foi que viu?

– Vi muitas coisas, mas onde está Antígona?

– Aí vem ela.

– Mestre! – exclamou Antígona, inquieta. – Sabe de alguma coisa? Meus irmãos ainda estão vivos? Os portões da cidade irão resistir?

[27] Quando Harmonia casou-se com Cadmo, todos os deuses compareceram e levaram presentes. Os mais célebres foram um vestido e um colar. O vestido, tecido pelas Graças, foi presente de Atena (ou Afrodite, segundo uma outra versão); o colar foi oferecido por Hefesto. Outra tradição afirma que o colar e o vestido foram dados a Harmonia pelo próprio Cadmo, que os recebera indiretamente de Europa, a quem Zeus os oferecera quando havia se apaixonado por ela. Por fim, há também uma tradição que diz que o vestido foi obra de Atena e Hefesto e que os dois deuses haviam-no impregnado de um filtro que envenenou a descendência de Harmonia. A causa de tal fato residia no ódio que Atena e Hefesto sentiam por Harmonia, nascida dos amores de Ares e Afrodite (pois esta era esposa de Hefesto). Esses dois presentes divinos desempenham, como veremos a seguir, um importante papel na lenda dos sete chefes.

– Seus irmãos estão vivos, minha filha. Eu estava observando do alto das muralhas. Os argivos atacam duramente, mas os nossos se mantêm firmes. Contarei tudo com detalhes: antes do começo da batalha, ouviram-se as trombetas dos argivos; em seguida os peãs[28] e, depois, novamente as trombetas. Então, eles se atiraram por sobre as muralhas e a luta acendeu-se. Primeiro, guerreavam à distância, com arcos e lanças, e, como nós conseguimos contê-los, Tideu gritou: "Ei, filhos de Dânao, ataquem os que estão nos portões, antes que os outros acabem conosco a flechadas! Avante, infantaria e cavalaria!" Então, os guerreiros, ouvindo o chamado, avançaram, armados de espadas, sobre nossos homens. Então travou-se uma terrível batalha, que inundou de sangue a terra sedenta. Em seguida, Partenopeu também avançou sobre os portões: "Tragam fogo e picaretas!", berrou, pensando que assim conseguiria solapar Tebas. Porém, por mais enlouquecido que estivesse, foi atingido em sua loura cabeça por uma pedra enorme. Sinto apenas por Atalanta, sua mãe, que não mais o verá... Etéocles, vendo que os portões estavam seguros naquela parte dos muros, correu para mais adiante. Eu o segui com os olhos, pois não queria perdê-lo de vista. Então, vi Tideu, com uma multidão de outros combatentes, despejando uma chuva de lanças sobre as ameias. Nossos homens tiveram medo e abandonaram as ameias, mas

[28] Peã: Homero, sobretudo no Hino Homérico a Apolo, conta-nos que o peã era formado por um proêmio do solista e um clamor ritual do coro com base no grito *ié paián*. Tratava-se de um hino cantado por homens, caracterizado pelo estribilho *ié paián*, com algumas variações, cujo significado, inicialmente desconhecido, foi posteriormente identificado a um deus. Por meio desse grito ritual, podia-se invocar Apolo. O peã era cantado com várias intenções: para pedir a salvação por ocasião de uma peste, para festejar um casamento ou em uma simples cerimônia de comemoração pela vinda do deus Apolo (Hino a Apolo); mas muitas vezes era também cantado antes da batalha (como neste episódio) ou depois de um triunfo, em sinal de agradecimento. Em Homero, é o nome do médico dos deuses. Depois de Homero, o nome passa a significar "o Deus-Médico", epíteto de Apolo. Uma etimologia propõe que Peã significa "aquele que cura as doenças por meio de seu toque mágico".

seu irmão os forçou a voltar para o alto dos muros. E o que posso lhes dizer da loucura de Capaneu, que, colocando uma escada sobre a outra, ia escalando as muralhas? Ele segurava o escudo sobre a cabeça, gritando que nem mesmo Zeus o impediria de tomar a cidade. Entretanto, parece que o grande deus o ouviu e, na hora em que estava pronto para pôr os pés na fortaleza, um raio o atingiu e o precipitou ao solo, morto e todo chamuscado! Então, Adrasto, percebendo que Zeus ajudava os tebanos, fez os argivos recuarem, enquanto os nossos, encorajados por aquele bom sinal, saíram pelos portões e caíram sobre os inimigos. Então lanças e espadas se embaralharam, e o lugar ficou cheio de mortos, empilhados uns sobre os outros. Foi isso que vi. Até agora impedimos a queda da cidade, mas só os deuses sabem se teremos sorte até o final...

– Você nos disse o suficiente, velho amigo – disse Antígona. – Só faltou dizer uma coisa: os dois irmãos se encontraram na batalha?

– Os dois estão vivos. Que mais quer saber?

– Parece que você está escondendo algo. Quero saber.

– Trago boas notícias. Não é o suficiente?

– Não, não é, se houver outras, piores.

– Não quero tirar a alegria que lhes dei.

– Agora está me assustando!

– Já disse, seus irmãos estão vivos!

– Com todo o respeito que tenho por você, mestre, não permitirei que me oculte a verdade!

– Bem, já que tanto deseja, ouça então os fatos desagradáveis que se seguiram: depois do que relatei, Etéocles chegou à torre da Sétima Porta. Do lado de fora estava Polinice, com um grande contingente, gritando e praguejando: "Covarde! Perjuro! Não ousa vir me enfrentar!" Então, Etéocles gritou do alto da torre: "Aqui estou, Polinice! Saiba, se é que ainda não sabe, que a última coisa que sou é covarde. Espere só eu descer". Ele desceu depressa, saiu à porta e, então, ordenou que tocassem as trombetas, exigindo silêncio. Quando os dois exércitos se aquietaram, Etéocles gritou com toda a força: "Nobres comandantes dos dânaos, e todos aqueles que vieram atacar esta cidade! E vocês, cadmeus, que com heroísmo estão a defender a terra de seus pais, ouçam o que meu coração quer que eu lhes diga: não joguem a vida fora por minha causa, ou por causa de Polinice! Que a batalha pare agora, de uma ponta a outra do campo, e que nós dois, eu e meu irmão, lutemos sozinhos! Se eu vencer, continuarei a ocupar o trono; se for vencido, ele passará a ser o rei, e vocês, argivos, voltarão para casa. Já basta os que sucumbiram, tanto do nosso lado quanto do seu!" Então, Polinice gritou que estava de acordo. Todos os argivos e cadmeus fizeram ecoar o seu grito, pois ficaram felizes que a guerra terminasse assim. Em seguida, os dois irmãos ofereceram libações aos deuses e invocaram Zeus como juiz, para que o duelo fosse justo. Terminando os juramentos, botaram a espada à cintura e cada um deles apanhou uma lança. Enfim, depois de contarem os passos, um ficou de pé diante do outro. Olhavam-se com ferocidade, impacientes para atirar as lanças. Então eu, que já tomei parte em lutas assim e já vi muitas coisas horríveis, fui embora para não ter de assistir àquele duelo, pois ainda agora meu coração se despedaça quando penso que dois irmãos estão se enfrentando!

– Eu, porém, mestre, imploro que me leve até lá, para que talvez possa impedir...

O LASTIMOSO DESFECHO

– Acabou! – gritou um arauto, que chegara correndo.

– Como, acabou? – perguntou Antígona, cheia de agonia.

– Os dois estão mortos. Um pela mão do outro!

– Ai de mim! – a moça soltou um grito dilacerante e, rompendo em soluços, caiu nos braços da líder do grupo de mulheres.

– Ouviram isso, palácios reais? – gritou uma mulher. – Lá se vão os filhos de Édipo! O amor pelo poder e a teimosia os devorou!

– O desrespeito pelo pai é que os matou! – disse outra.

– Não, matou-os seu negro destino! – disse uma terceira. – Assim quis Apolo, que pagassem pelo antigo pecado de Laio!

– Ó deuses! – gritou Antígona. – Já que tanto perseguem este palácio, estou pronta, se for a minha vez de pagar!

– Os deuses não são injustos, filha – disse o tutor. – Que culpa teve você, e mesmo sua irmã, para serem castigadas?

– Se não temos culpa de nada, culpada é a nossa sorte! Os deuses, assim como castigam os injustos, punem os justos pelos erros de outros! Essas são as leis divinas e não temos o direito de questioná-las. Mas por que toda Tebas tem de pagar? Porventura agora os argivos irão embora? Ou se atirarão sobre nossa cidade para incendiá-la?

– Não tenha medo, minha garota! Os deuses decidiram que a cidade será salva. Foi isso que Tirésias, o adivinho que não diz mentiras, nos falou. O mesmo disse Anfiarau, nosso adivinho. Além disso, Tebas está fortemente protegida. Todos os nossos comandantes estão em seus postos.

– Tomara que seja assim! Diga-nos, porém, arauto, caso saiba, se meus irmãos disseram alguma coisa antes de expirar, se deram alguma ordem ou fizeram algum pedido para nós, que ficamos.

– Não sei nada sobre isso que me pergunta. Ouvi somente o que disseram antes de o duelo começar. Cada um deles pediu aos deuses, que insolência!, ajuda para matar o irmão! Primeiro Polinice, voltando-se para a direção de Argos, implorou pelo auxílio de Hera: "Hera, honorável deusa protetora de Argos", gritou, "eu também estou em suas mãos, já que tenho por esposa a filha do rei da cidade e vim para Tebas com um exército argivo! Por isso, ajude-me a matar agora esse homem, para que eu possa me sentar, vencedor, no trono de meu pai!" Foi isso que ele disse, e nós nos entreolhamos de esguelha, desaprovando suas palavras. Em seguida, Etéocles voltou-se para o templo de Atena e fez este pedido: "Filha de Zeus, faça-me digno da vitória, matando esse que veio arruinar a própria cidade natal!", como se o outro fosse algum estrangeiro e não seu irmão. Enfim, o som da trombeta ecoou, dando o sinal para que a luta homicida começasse. Por muito tempo eles se enfrentaram sem que nenhum levasse vantagem, até que, num dado momento, Polinice atingiu Etéocles na perna, superficialmente. Os argivos gritaram de alegria, triunfantes, mas não se passou muito tempo e vieram os golpes mortais. Usando de malícia, Etéocles fez Polinice erguer o escudo e, rápido como um relâmpago, enterrou a espada no corpo do irmão. Este, então, atingido mortalmente, caiu ao solo. Etéocles festejou e curvou-se para apanhar o escudo de Polinice como troféu. Este, porém, que ainda não estava morto, encontrou forças para desferir o seu golpe fatal. Assim, Etéocles caiu ao lado do irmão e ambos tomaram juntos o rumo do Hades. É isso que sei. Se disseram alguma coisa antes de exalar o último suspiro, eu não ouvi, pois estava longe e também com pressa de vir correndo até aqui trazer a triste notícia.

– Ah, meus irmãos! – gritou Antígona. – Vocês não escutaram os conselhos certos e apagaram a sua raça com as próprias mãos...

– Infelizes, invejaram a riqueza, cobiçaram as grandezas reais e, agora, só o que conseguiram foram as trevas do Hades! – disse a líder das mulheres.

– Ai, as desgraças vêm uma após a outra! Choramos pelo drama de nosso pai, choramos por nossa mãe, lamentamos por ódios e exílios. Não nos restam mais lágrimas... só o que nos resta é uma dor insuportável...

Cheias de pena, as mulheres olharam Antígona e, com o coração mortificado, gritaram:

Oh, deusa Erínia!
Pavorosa é a obra que acabaste,
se é que não reservas um mal
derradeiro e ainda pior!

Contra Laio desferiste o primeiro golpe.
Muitos desapareceram, apanhados
pela armadilha de Éris, a Discórdia.
Mas que morte concedeste a Laio!
Foi o próprio filho que lhe deu fim à vida!

Para Édipo, mais tarde, tu guardaste
o pior destino que um homem já teve.

Ele, que salvara a cidade,
derrubando do trono a terrível Esfinge,
foi derrubado ele mesmo de maneira pavorosa
e, cego, rumou para o Hades.

E para os filhos, enfim,
veio agora o último e odioso golpe!
Dois irmãos, dois assassinos,
duas vítimas. Dois metros de terra agora bastam.
Como se toda a Tebas de Sete Portas
não tivesse espaço para ambos viverem...

Já basta! Já basta, horrível Erínia!
Estamos fartos de amargura e sofrimento!
Não lançarás mais desgraças
sobre a tão sofrida cidade!
Não desferirás outro golpe
neste tão sofrido palácio!

UMA DECISÃO FUNESTA

– Vejam, aí vem Creonte! – disse uma das mulheres. – Deve ter algo a nos dizer.

Assim que ele se aproximou, subiu ao patamar das escadas e disse:

– Venerável filha de Édipo, honrosas mães, esposas e irmãs dos bravos combatentes de Tebas e quantos mais estiverem me ouvindo! Venho lhes trazer uma notícia muito agradável: a cidade está salva! O exército argivo, que não quis ir embora por bem, pagou caro por suas intenções de tomar a cidade! Os deuses nos concederam uma grande vitória na batalha. Finalmente, dos sete generais de Argos, apenas Adrasto se salvou e apressou-se a ir embora junto com o pouco que restou do exército. Não é hora de

narrar como tudo isso aconteceu, pois tenho de dizer outra coisa agora. Já que o nosso rei foi morto, o único legítimo herdeiro do trono sou eu, que sou tio de Etéocles e, portanto, seu parente mais próximo. Porém, ele próprio incumbiu-me dessa missão, pouco antes de exalar o último suspiro. Pediu-me que eu tomasse o seu lugar, zelasse pelos interesses de Tebas, cuidasse de suas duas irmãs e, ainda, providenciasse para que o casamento de Antígona com meu filho Hêmon, seu noivo, seja magnífico! Contudo, deu-me também uma ordem, seu último e maior desejo: que deixemos o corpo de Polinice insepulto, lá mesmo onde se encontra agora, para ser devorado pelos cães e pelos abutres, para que sua alma jamais possa descansar! Isso servirá de lição para que ninguém mais tenha a audácia de prejudicar a sua pátria! Por fim, acrescentou que, se alguém ousasse enterrar Polinice, deveria pagar com a vida! Essa foi a última determinação de Etéocles. Portanto, eu, que por vontade dele e dos deuses sou agora o novo soberano desta cidade, tenho a obrigação de obedecer às ordens do rei morto e executá-las de bom grado. Afinal, essas ordens são lei para mim e para todos nós. Aliás, uma lei justa!

– Se é justa ou não, majestade – disseram as mulheres –, isso são os deuses que sabem. No entanto, certamente é muito dura, tão dura que ninguém ousará infringi-la!

Entretanto, todos ficaram arrepiados ao ouvir a voz de Antígona, que gritou:

– Eu infringirei!

– O que disse? – surpreendeu-se Creonte. – Jamais imaginaria ouvir de você palavras tão absurdas!

– Absurdo, e terrível, é o que você está querendo fazer!

– Etéocles fez a lei e eu tenho obrigação de fazer com que seja cumprida!

– E não importa que essa lei não tenha sentido?

– Quer dizer que você acha injusto entregar o cadáver de Polinice aos cães e aos abutres?

– Não só injusto, como ilegal, se é que as leis dos deuses, que jamais foram escritas, estão acima das dos homens!

– Então, Polinice não agiu de maneira injusta perante sua cidade?

– O castigo que os deuses lhe deram já foi suficiente!

– Os homens não podem castigar nem mesmo aquele que traiu a pátria?

– Que o castiguem enquanto ele estiver vivo! Morto, jamais!

– A falta que cometeu foi muito grave!

– Porém, buscava os seus direitos!

– Já basta! Fique sabendo de uma vez que ele permanecerá sem sepultura!

– Em nome de minha falecida mãe, sua irmã, eu lhe imploro! Ignore esse decreto!

– É inútil me pedir, nada conseguirá com isso.

– Deixe-me, então, apenas lavar o cadáver!

– Já disse que você não lhe prestará honrarias.

– Então, que eu pelo menos possa beijar meu irmão pela última vez...

– Dizendo essas coisas você está prestes a estragar o noivado com meu filho!

– E se eu o desobedecer?

– Saiba que eu não permitirei que você honre o traidor!

– Não posso chamá-lo de traidor, uma vez que seu destino foi escrito pelos deuses.

– É um traidor e, por isso, permanecerá sem túmulo e sem que chorem por ele!

– Isso nunca! Encontrarei um modo de lhe dar sepultura!

– Então, fique sabendo que será enterrada com ele!

– Considero uma grande alegria ser sepultada com uma pessoa amada!

– Vou lhe dizer pela última vez, Antígona: seja razoável, você está marchando para a própria ruína!

– O que você chama de razoável não me convence. Farei minha obrigação, e você trate de fazer a sua. Deixo às futuras gerações que julguem qual dessas obrigações era verdadeira!

– Oh, Erínia! Oh, Erínia! – gritaram as mulheres, a uma só voz:

Oh, Erínia! Eis que guardavas um mal ainda pior!
Arruinaste inteira a família de Édipo!
E eu não sei o que fazer...
o bom senso grita que eu obedeça,
a obrigação diz o contrário.
A ti, no entanto, invejo, donzela,
vendo-te percorrer, inabalável,
o caminho do sacrifício!

ANTÍGONA

da tragédia homônima de Sófocles

Do lado de fora do palácio de Tebas, na hora em que a deusa Aurora de dedos rosados lançava seu véu cor de ouro por sobre a sofrida cidade, Antígona, a filha mais velha de Édipo, caminhava de um lado para outro, agitada, quando sua irmã surgiu à porta:

– Ismene, minha querida irmã! – disse Antígona. – Você sabe se restou ainda alguma desgraça, dentre todas as profetizadas por Apolo, que ainda não tenha nos atingido? Amarguras, sofrimentos, vergonha, desprezo e, ainda por cima, ruína e negra morte. Tudo isso já aconteceu. E agora, como se tudo isso não bastasse, veio o terrível decreto de Creonte! Ou será que você ainda não ouviu que mais uma desgraça bate à nossa porta, com uma maleficência digna apenas de nossos piores inimigos?

– Suas palavras me surpreendem, Antígona. Afinal, eu nada ouvi, nem de bom nem de ruim. Desde quando nossos irmãos foram mortos e o exército argivo, derrotado, bateu em retirada, não soube de mais nada que pudesse me tornar mais ou menos infeliz...

– Era o que imaginava. Foi por isso que quis encontrá-la aqui, fora do palácio, onde pensei que pudéssemos ficar a sós.

– Por quê? O que está acontecendo? Pressinto algo muito ruim...

– Creonte, cara Ismene, embora tenha considerado um dos dois irmãos mortos digno de um funeral, ordenou que o outro permanecesse insepulto. Assim, Etéocles, que, segundo dizem, cumpriu seu dever para com a pátria, será enterrado com toda a pompa necessária, para que seja honrado também entre os mortos. Já o outro, Polinice, que jaz em uma poça de sangue, não terá quem chore por ele e permanecerá insepulto, para servir de repasto aos cães e aos abutres! Essa é a decisão de nosso "piedoso" Creonte. E ainda dizem que tal ordem foi endereçada a nós duas, principalmente a mim, a quem ele conhece muito bem. A qualquer momento, Creonte em pessoa virá anunciá-la abertamente, para que todos tomem conhecimento. E também para nos dizer que não devemos desafiar a lei, pois quem ousar fazer isso terá uma morte vergonhosa, por apedrejamento! Bem, agora você já sabe de tudo e chegou a hora de mostrar se é uma filha digna daquele que não sabia recuar diante do dever.

ISMENE NÃO OUSA DESAFIAR CREONTE

– Ainda que seja assim como você diz, o que eu poderia fazer, minha desventurada irmã?

– Precisa decidir se vai me ajudar em minha sagrada missão.

– O que quer dizer? Fale claro.

– Peço-lhe que me ajude a carregar o morto.

– Quer dizer que você mesma tenciona enterrar o homem cujo sepultamento, agora há pouco, contou-me estar proibido?

– "Esse homem" é meu irmão e seu também. E não serei eu quem o trairá.

– Ficou louca, minha irmã! Infringir uma ordem como essa?

– Ninguém tem o direito de me impedir de cumprir com minha obrigação.

– Querida Antígona, pense de maneira sensata. Lembre-se de quanto nosso pai foi humilhado quando, de maneira irrefletida, revelou seus atos para que todos vissem. Por fim, arrancou sozinho os próprios olhos para não vê-los. Lembre-se de nossa mãe, que, por vergonha, pôs um fim odioso à própria vida! Lembre-se também da desgraça que sobreveio quando nossos dois irmãos lançaram-se enfurecidos um contra o outro, ao encontro da pior das mortes. Agora imagine qual será nosso fim se ambas, totalmente sozinhas que estamos, formos contra a lei, desprezando o poder do rei. Não se esqueça, minha irmã, de que nascemos mulheres, não podemos desafiar aqueles que detêm o poder. Nosso destino é baixar a cabeça e obedecer a tudo, por mais que as ordens nos contrariem. Eu, então, me submeterei e só o que posso fazer é pedir secretamente que o morto me perdoe, pois dar-lhe um túmulo está fora de meu alcance.

– Chega, já entendi! Foi um erro pedir-lhe ajuda. Não a quero mais. Irei enterrá-lo sozinha. Desprezarei a lei, respeitando minha obrigação! Se eu morrer por isso, ao menos quando estiver no mundo inferior, estarei mais feliz perto daqueles que aprovam os meus atos que junto daqueles que deixarei aqui. Quanto a você, seja desleal para com aqueles que ama, se prefere assim!

– Não sou desleal, mas também não tenho forças para ir contra a cidade.

– Procure justificativas que lhe sirvam de consolo! Quanto a mim, irei honrar o meu irmão morto!

– Tremo ao pensar no mal que poderá lhe acontecer...

– Trate de salvar a sua própria pele e me deixe em paz!

– Louca! Será que pelo menos tomará cuidado para não dizer a ninguém o que pretende fazer?

– Diga você! Grite aos quatro ventos! Não quero sua proteção!

– Seu coração é quente, minha irmã, mas por uma fria razão.

– Basta-me o fato de saber que o que estou fazendo aquece estes membros gelados!

– Porém, não vai conseguir.

– Estou indo enterrá-lo. Se vou conseguir, não sei. Nada é certo, mas prosseguirei em meu intento!

– Deve-se medir as chances antes de começar algo.

– Pare, antes que eu passe a odiar você! E nem mesmo se aproxime do morto, para que ele também não a odeie, e para sempre! Deixe-me com minha maluquice! O pior que pode me acontecer é morrer no cumprimento de minha obrigação!

– Tome seu rumo, então, irmã imprudente! Todavia, você vai para um lugar onde será amada, e no meio de gente amada.

Ao dizer isso, Ismene entrou no palácio. Em seguida, Antígona partiu. Logo depois, chegaram os mais respeitáveis anciãos tebanos, os quais, formando um círculo, ergueram os braços para o céu e proferiram estas palavras:

Raio dourado de sol,
já expulsaste as trevas da noite
e, com elas, o feroz guerreiro
que aqui veio, trazendo muitos carros,
com alvos escudos e elmos ornados
de crina de cavalo.

Polinice o trouxe;
injustiças e ódio o trouxeram
e, como a águia, com gritos tenebrosos,
ele veio dilacerar a cidade de Tebas.

Cercou a cidade com lanças homicidas,
ameaçou nossas torres com fogo,
nossas mulheres e crianças com escravidão.
Mas partiu derrotado, ensangüentado,
envergonhado ao se atirarem sobre ele
nossos combatentes de almas de dragão![29]

Pois o soberano do Olimpo
odeia as ímpias palavras,
odeia os arrogantes e presunçosos,
e lançou seu relâmpago sobre aquele
que estava pronto para alardear a vitória
sobre a fortaleza de Tebas de Sete Portas.
Assim, o inimigo tombou,
completamente fulminado,
quando apregoava que queimaria a cidade
mesmo que contra a vontade dos deuses.
Assinalou-se assim o fim dos sete chefes
que troféus prometiam, néscios,
a Zeus, que os odiava!

[29] **Almas de dragão**: referência ao mito da fundação de Tebas por Cadmo, que, após ter chegado ao local onde ergueria a cidade, mandou seus companheiros trazerem água de uma fonte, para a realização de um sacrifício. Contudo, um dragão que guardava a fonte matou seus companheiros e morreu, em seguida, pelas mãos de Cadmo. Este, obedecendo às ordens de Atena, semeou os dentes do dragão, dos quais nasceram guerreiros armados. Lançando uma pedra no meio do grupo, Cadmo levou-os a lutar entre si , ao que começaram a matar-se uns aos outros até restarem apenas cinco sobreviventes. Estes, conhecidos como Espartos (do grego *Spartoí* = "Semeados"), foram os ancestrais das famílias nobres de Tebas. Por esse motivo, os cidadãos tebanos são poeticamente evocados como "almas de dragão".

No entanto, os dois infelizes,
que da mesma mãe e do mesmo pai nasceram,
obtiveram uma morte negra e amarga.
Pois morte mais negra, mais pavorosa não há
do que quando um irmão assassina o outro!

Mas agora que Nique, a Vitória,
deu a coroa a Tebas,
esqueçamos o horror da guerra! Esqueçamos!
E aos templos corramos, todos nós,
honrando com danças o deus Dioniso,
glorificando e cantando hinos a Zeus Salvador!

CREONTE, REI, PROÍBE O SEPULTAMENTO

– Mas vejam! Lá vem o rei! Agora saberemos por que nos chamou aqui e o que tem a nos dizer – disse o líder dos anciãos.

– Homens de Tebas! – gritou Creonte. – Os deuses, tendo feito um grande mal à cidade, puseram-na de pé novamente! Mandei chamar vocês aqui, sabendo o quanto sempre respeitaram o poder real, primeiro de Laio, depois de Édipo e seus filhos e, por fim, meu. Agora, então, que os dois filhos de Édipo pereceram numa luta fratricida, eu tomei, como sabem, o poder, pois sou o parente mais próximo dos dois. Vocês deverão me julgar por meus atos, pois acredito que quem governa uma cidade, se não puser o bem dos cidadãos acima de tudo e fizer, por medo, coisas que prejudiquem o povo, não é um rei digno! E quem coloca um amigo acima da pátria também merece desprezo. Zeus seja testemunha de que jamais me calaria se visse que alguma desgraça nos ameaça e também jamais me tornaria amigo de um inimigo da cidade, porque a pátria deve ser como o robusto navio, que não teme tempestades e tormentas. E é apenas entre a nossa gente que encontramos amigos verdadeiros. Então, segundo esses princípios, governarei esta cidade e a tornarei mais poderosa. Guiado por esses mesmos princípios, tomei uma decisão relativa aos dois filhos de Édipo. Ordenei que Etéocles seja enterrado com as honras devidas a um bravo rei que morreu pela pátria. Porém, quanto a Polinice, que veio do exílio para arruinar sua terra natal e os nossos lares, derramar sangue fraterno e escravizar os cidadãos de Tebas, ordenei que ninguém chore por ele nem lhe ofereça honras fúnebres. Deve, portanto, permanecer insepulto, para que o devorem as aves de rapina! Tomei essa decisão porque nunca ponho os injustos acima dos justos, e honrarei somente os homens bons e piedosos, estejam vivos ou mortos!

– Filho de Meneceu – disse o líder dos anciãos –, você é o nosso rei agora. Portanto, é você quem decide quanto aos mortos e quanto a nós, que estamos vivos, pois creio que tem o direito de estabelecer a lei que quiser.

– Então prestem atenção, para que ninguém desobedeça às minhas ordens.

– Entretanto, entregue esse encargo aos mais jovens.

– Já fiz isso. Pus sentinelas para vigiar o cadáver.

– O que deseja de nós, então?

– Se alguém ousar desobedecer, exijo que vocês não o apóiem.

– Isso ninguém faria, a menos que desejasse a própria perdição.

– Sim, certamente é a morte que teria em troca! Há muitos, porém, que se enganam a ponto de pensar que teriam algum lucro com isso!

– Majestade! – gritou um guarda, que chegou correndo. – Majestade! Se me vê neste estado, não é por eu ter corrido muito. Muitas vezes parei pelo caminho, querendo voltar, porque temia que você me castigasse! Porém, eu dizia para mim mesmo: "Se Creonte ficar sabendo por outra pessoa, não serei castigado da mesma forma?" Assim, eu prosseguia para cá com o coração pesado e a curta estrada tornou-se longa por causa de minhas hesitações. Finalmente, decidi vir lhe contar, pois cheguei à conclusão de que nada mais sofrerei além do que o destino já escreveu!

– O que o aflige então? Diga.

– Primeiramente, quero dizer que não fiz nada, nem sequer vi quem cometeu o terrível ato, pois seria injusto que o castigo recaísse sobre mim!

– Vejo que quer se assegurar de que não lhe farei nada, o que indica que tem algo muito grave a me dizer.

– Algo terrível, e é por isso que tenho medo.

– Fale de uma vez por todas! E depois suma da minha vista, se preferir!

– Bem, direi, então... Alguém, há pouco, prestou honras ao cadáver de Polinice, jogou terra sobre ele e fez as oferendas habituais aos mortos, mas ninguém viu quem foi.

– O que disse? Quem ousou fazer uma coisa dessas?

– Isso eu não sei. O que sei é que não usaram picareta para cavar e o responsável não deixou pistas. Quando o guarda da manhã nos mostrou o que tinha acontecido, não soubemos o que dizer. O cadáver havia sido enterrado, claro que não em um túmulo, apenas com um pouco de terra. Nós, os sentinelas, começamos então a discutir, um jogando a culpa sobre o outro, mas todos diziam não saber de nada. Estávamos dispostos a pôr a mão sobre ferro em brasa, ajoelhar no fogo e jurar pelos deuses que não havíamos feito aquilo, nem vimos quem fez. Sequer sabíamos de alguém que pudesse pensar em fazê-lo. Até que, para encurtar a história, alguém disse que devíamos correr para lhe contar o ocorrido. Quanto a isso ninguém ousou discordar, mas ninguém estava disposto a vir. Assim, tiramos a sorte, e eu, o infeliz, fui escolhido. Então, aqui estou, para meu desagrado e para o seu, pois sei que quem traz más notícias nunca é bem-vindo...

– Majestade – disse então o líder dos anciãos –, algo me diz que o que quer que tenha acontecido foi por vontade de algum deus.

– Pare, antes que eu fique zangado! Afinal, nem uma criança diria uma coisa dessas, quanto mais um ancião que já viu e aprendeu muitas coisas... Será possível que algum dia os deuses zelem por alguém que veio até a terra natal para incendiar os templos e arruinar a pátria, passando por cima das leis divinas? A menos que você acredite que os deuses estimam os criminosos. Eu, porém, é que vou lhe dizer como aconteceu: há certas pessoas na cidade que conspiram contra mim e não respeitam meu poder e a lei. Esses, então, pagaram alguém para fazer o serviço. Não há mal pior do que o dinheiro, que derruba palácios e expulsa pessoas de seus lares, modifica opiniões e impele os homens à malícia. Porém, aquele que tiver sido pago para cometer esse ultraje não me escapará. Então, ouçam muito bem o que lhes digo: por mais que eu honre e respeite Zeus, juro que, se vocês não encontrarem quem enterrou Polinice, não serão castigados apenas com a morte! Porém, primeiro devo forçá-los a me dizer o que sabem e o que não sabem a respeito desse ato proibido. Assim, todos aprenderão que o lucro deve ser obtido de maneira honesta, e não com traição. Afinal, os lucros ilícitos mais desgraçam do que salvam o homem.

– Quanto a mim – disse o guarda – permitirá que eu diga duas palavras? Ou devo ir embora?

– O que mais tem a dizer? Já não basta o quanto me magoou?

– Mas eu o feri nos ouvidos, não na alma.

– Agora você nos disse algo...

– Algo certo, pois quem o feriu na alma foi aquele que cometeu a má ação.

– Rapaz, que grande falador você é!

– Se você quer assim, sou um falador, mas não o culpado pela infração.

– E eu lhe digo que é!

– É muito grave julgar sem provas.

– Agora você também começa com jogos de palavras! Ouçam todos, então! Eu vou para dentro do palácio agora. Se, quando eu voltar, vocês não me revelarem quem são os criminosos, verão todos que desgraças o lucro ilícito pode trazer!

Dizendo isso, Creonte entrou no palácio.

ANTÍGONA DESOBEDECE ÀS ORDENS

– Tomara que os responsáveis sejam encontrados! – disse o guarda. – No entanto, sejam encontrados ou não, é a sorte que decide. Não esperem me ver passar por aqui de novo! Escapei por pouco e devo isso aos deuses. Agora, adeus!

Enquanto o sentinela tomava seu rumo, os anciãos, perplexos e cheios de dúvidas, puseram-se a refletir:

No mundo há muitas maravilhas,
mas nenhuma tão espantosa quanto o homem!
O homem domou o mar espumante,
abrindo caminhos por entre as ondas,
e até Gaia, a Terra,
deusa suprema,
submeteu ao seu poder, com o arado,
dela extraindo abundantes frutos.
Foi ele, com a força de seu intelecto,
que se tornou soberano no mundo animal,
pois rebanhos, manadas e enxames
para ele vivem e para ele morrem!

O homem, inteligentíssimo,
conseguiu falar e escrever
e construir cidades, templos
e brilhantes edifícios.

Com o cinzel na mão, e pincel,
ao mármore morto dá vida,
e espírito à parede inanimada.
As Musas e as Graças
acorrem ao primeiro chamado
daquele que serve e venera
a música, a dança, a canção
e a poesia, de inspiração divina.
Com as artes, belas e finas,
o homem, criador e mestre,
alça a vida alto o bastante
para atingir os céus.

Isso, contudo, só faz se quiser,
pois, embora sejam tantos
seus potenciais e seus feitos,
escapar à maldade não pode
e sua mente rápida corre
de bons para maus pensamentos.
E eu sofro e lamento quando o vejo
de gigante que era tornar-se um anão.

– Mas... o que vejo?! – espantou-se o líder dos anciãos. – O guarda retorna, arrastando Antígona consigo! Oh, infeliz filha de Édipo! Será que desprezou a lei real e agora foi apanhada cometendo algum ato imprudente?

– Aqui está! Foi ela a responsável! Nós a apanhamos sepultando o cadáver! Mas onde está Creonte?

– Aí vem ele, bem na hora!

– Bem na hora de que? – estranhou Creonte. – Oh, mas o que vejo?!

– Majestade, eu disse que não mais passaria por aqui, assustado com suas ameaças, mas, mesmo que tivesse jurado não mais voltar, eu não esqueceria o juramento que fiz de lhe trazer esta infratora. Afinal, não há alegria maior que o alívio de haver escapado de um grande perigo. Assim, desta vez não precisamos tirar a sorte. Eu mesmo a apanhei e vim trazê-la correndo. Agora ela está em suas mãos. Pergunte o que quiser e faça com ela o que lhe parecer melhor. Quanto a mim, creio que concordará que, agora, castigo é a última coisa que mereço!

– Por que razão você a apanhou? Fale!

– Foi ela quem sepultou o cadáver! Agora você já sabe de tudo!

– Não estou entendendo isso que me diz...

– Majestade, digo-lhe que eu a flagrei sepultando o homem cujo funeral você proibiu! Ou será que não estou falando claro?

– Onde foi que a viu, como a apanhou?

– Vou contar como aconteceu. Assim que voltei, ainda com suas ameaças ecoando em meus ouvidos, desenterramos, eu e os outros guardas, o corpo de Polinice. Depois de retirarmos toda a terra, nos sentamos sobre as rochas para vigiar, sacudindo de vez em quando uns aos outros, pois temíamos que acontecesse de alguém sepultá-lo novamente sem que tomássemos conhecimento. Quando o sol já estava bem alto e o dia começou a ficar quente, surgiu um violento redemoinho, que lembrava a ira de algum deus. Os galhos das árvores se quebravam na planície e o céu todo se encheu de folhas e poeira. Então, tivemos de fechar os olhos. Quando aquela ira divina cessou, surgiu esta moça que, assim que viu o morto desenterrado, soltou um grito lancinante e atirou-se sobre ele. Assim como o pintassilgo grita de dor ao encontrar o ninho sem os seus filhotes, ela também caiu em um choro lamentoso e pôs-se a praguejar contra aqueles que desenterraram seu irmão. Em seguida, pegou terra com as mãos, jogou sobre o corpo e, com um jarro de bronze, aspergiu o túmulo com vinho. Porém, antes de terminar a libação, nós corremos e a apanhamos. Perguntamos tanto sobre o que acabáramos de ver quanto sobre o episódio anterior. Ela contou tudo, não negou nada, de modo tão impassível que eu, embora estivesse contente de haver escapado ao castigo, cheguei a sentir pena. Afinal, não é nada agradável ver uma pessoa cair em tamanha desgraça. Contudo, por mais que lamentasse por sua sorte, eu a trouxe, pois assim estou salvando a minha pele, e isso é o mais importante!

– Ei, e você? – dirigiu-se Creonte a Antígona. – Estou falando com você, aí de cabeça baixa! Confessa ou nega as acusações desse homem?

– Não tenho nada a negar, tudo aconteceu como ele disse.

– Não preciso mais de você, guarda! Está livre e absolvido da pesada acusação! Quanto a você, Antígona, diga-me como ousou fazer isso! E não venha me dizer que não sabia que era proibido, nem que não conhecia a punição para quem infringisse a lei...

– Sabia de tudo isso. Contudo, o fiz porque a proibição não havia sido feita por Zeus nem por Dique, a Justiça, que estabeleceu tais leis para os homens. Jamais poderia imaginar que as ordens de um mortal pudessem se sobrepor às leis divinas, que jamais foram escritas e existem desde sempre e para sempre. Eu não suportaria infringir as leis eternas, por isso julguei que o castigo dos homens seria melhor do que a lei divina se abater sobre mim! E se for para eu morrer jovem, para mim isso é uma bênção, pois tudo o que tive na vida foram sofrimentos e desgraças. Pois, se deixasse meu irmão sem sepultura, viveria uma vida desgraçada, e não me importa se meu ato é considerado tolo por alguém que é tão tolo a ponto de ir contra a vontade dos deuses!

– A moça é dura como uma rocha! – disse um dos anciãos. – Seu pai também era assim. Não era capaz de recuar um palmo sequer, mesmo que visse a desgraça se aproximar!

– Fique sabendo, no entanto – disse Creonte – que aquele que não sabe recuar quando deve, rapidamente conhece a humilhação! O que é duro facilmente se faz em pedaços. Vejam o ferro, por exemplo, do qual há dois tipos: o duro e o maleável.

O primeiro se quebra com facilidade, mas o segundo, que pode se dobrar, resiste muito mais aos golpes do ferreiro! O cavalo bravo é facilmente domado com rédeas curtas. E embora o fraco não possa desafiar o poderoso, que tem também o poder nas mãos, essa moça, que cometeu o delito, ainda assim se vangloria, cheia de arrogância, na minha frente, como se estivéssemos em iguais condições! A menos que ela pense ser quem governa esta cidade e não eu... mas talvez viesse a ser assim se eu a deixasse impune. Por isso ela merece um duro castigo, ainda que seja filha de minha irmã e minha parente mais próxima, assim como Ismene. Esta, aliás, deve estar envolvida nisso também! Chamem-na aqui! Eu percebi como ela ficou desesperada por seu irmão permanecer insepulto! Aqueles que secretamente planejam atos ilícitos traem-se com facilidade!

– Então você tem em mente cometer outra maldade! A minha morte não lhe parece bastante?!

– Não se preocupe! Quando eu fizer isso, não precisarei fazer mais nada!

– Então, por que a demora? Afinal, o que você diz não me agrada, nem eu queria que fosse diferente! Tampouco as minhas palavras o agradam. Então, trate de acabar logo com isso e fique sabendo que estarei feliz. De que outra maneira eu ganharia tanta honra e glória, a não ser cumprindo com o meu dever e enterrando meu irmão? Quem me proibiu de fazê-lo foi um rei poderoso, mas tolo! E você deveria ainda saber que todos aqui presentes lhe diriam a mesma coisa, se o temor não lhes cerrasse os lábios! Porém, é justamente essa a fraqueza dos tiranos: falar e fazer o que bem entendem sem ouvir a opinião dos outros!

– Como tem a audácia de dizer tais palavras, quando você é a única na cidade que pensa dessa maneira?

– Todos pensam da mesma maneira, embora não ousem confessar. Eles não dizem nada com medo de deixá-lo zangado!

– E você acha correto que sua postura seja diferente da destes sábios senhores?

– Trata-se do meu irmão, não deles!

– E o outro, que foi morto, era algum estranho? Como é que, então, você presta homenagens a um irmão e deixa de prestá-las ao outro?

– Nem o próprio Etéocles diria uma coisa dessas.

– Entretanto, você estima igualmente o ímpio Polinice!

– Ele era meu irmão, não um cão sem dono!

– Todavia ele era um traidor e Etéocles, um patriota!

– Hades pede que todos os mortos recebam as mesmas honras!

– Um homem bom não é o mesmo que um homem mau!

– No mundo inferior não se fazem distinções.

– Um inimigo não se torna um amigo, nem mesmo depois de morto!

– Sou irmã dos dois, não nasci para odiá-los e sim para amá-los!

– Ame-os, então, de dentro de seu túmulo, pois, enquanto eu viver, nenhuma mulher haverá de governar aqui!

– Ismene vem vindo! – disse um dos anciãos. – Lágrimas escorrem-lhe pela face e um turvo olhar obscurece seu belo rosto!

– Venha até aqui, você, que quis me beber o sangue como uma víbora! Eu sequer desconfiei que alimentava em minha casa uma dupla desgraça, duas conspiradoras! Fale agora, confesse que ajudou no sepultamento! Ou será que vai me jurar que não tem idéia do que houve?

ISMENE ASSUME RESPONSABILIDADE

– Sim, eu ajudei. Divido com ela a responsabilidade!

– Como? Você não me ajudou em nada! – surpreendeu-se Antígona. – Nem você quis, nem eu permitiria!

– Diante de todas as suas desgraças, eu não negarei nem temerei ficar ao seu lado!

– Todos no Hades sabem que fiz tudo sozinha e sem a ajuda de ninguém! Não quero palavras de apoio!

– Não são apenas palavras. Quero morrer, honrando junto com você nosso falecido irmão.

– Você não deve morrer, nem assumir algo em que não tomou parte! Basta a minha morte.

– E que alegria terei na vida se perder você também?

– Pergunte a Creonte, já que é com ele que você se preocupa.

– Minha irmã, o que é que você ganha em me amargurar assim?

– Será que pensa que eu também não fico amargurada com o que digo?

– Mas eu anseio por ajudá-la!

– Traria-me uma grande alegria se se salvasse.

– Deixe-me compartilhar de seu destino!

– Mas você escolheu a vida, eu a morte.

– Você sabe o motivo.

– É um motivo que pode agradar a alguns, mas aqueles lá de baixo preferem o meu!

– Ambas temos a mesma responsabilidade. Amamos nosso finado irmão com igual intensidade.

– Você, Ismene, ainda está viva; eu já estou morta. Apenas tenha coragem, minha irmã.

– As duas estão loucas! – gritou Creonte. – Uma acaba de mostrá-lo, a outra o foi desde que nasceu!

– A sensatez, majestade, desaparece frente à desgraça – respondeu Ismene. – Ademais, eu não conseguirei viver se ela morrer!

– Esqueça essa aí! Ela não existe mais!

– Você matará a noiva de seu filho?

– Mulheres nunca faltaram neste mundo!

– E separará um casal tão harmonioso com a morte?

– Não desejo para meu filho uma esposa rebelde!

– Ah, Hêmon, seu próprio pai está lhe desferindo uma punhalada!

– Já chega, não me fale mais desse casamento!

– Quer dizer que irá mesmo arruinar um noivado como esse? – perguntou o líder dos anciãos.

– Chega, já disse! É Hades que arruinará esse casamento!

– Oh, já está decidido!

– Sim! Por mim, por vocês e pela cidade! Escravos, levem-na para dentro e tomem conta dela muito bem, porque até os mais valentes sempre procuram um modo de escapar da morte!

Os anciãos deram um profundo suspiro e puseram-se a cantar, em coro:

Afortunados são aqueles que na vida
jamais provaram o sabor da amargura,
pois se a ira de algum deus
sobre um mortal se abate,
todos os tormentos surgem, um após o outro,
como as ondas espumantes, que o vento norte
adensa com seu sopro furioso, fazendo-as
rebentar e gemer nas praias, feridas.

Desde os tempos antigos
desgraças sem-fim abalam
a casa dos descendentes de Lábdaco.
E cada geração, por sua vez,
cai nas redes do cruel Destino.
Agora, eis que, mal raiou a esperança,
a Erínia já transtornou a cabeça dos homens,
e Hades afia sua espada!

A tua força, ó Zeus,
nenhum mortal nunca há de domar,
já que até o poderosíssimo Hipnos, o Sono,
jamais a venceu. O próprio Tempo,
que tudo muda, a deixou intacta.
Sempre jovem, tu comandas o mundo
dos palácios de ouro do Olimpo.
E a tua vontade permanece a mesma sempre:
que mortal algum nunca avance demais
sem que enfrente amarguras,
desgraças e sofrimentos.

A esperança a muitos reconforta,
mas também a muitos engana
e ateia fogo às suas casas.
Sábio foi aquele que disse
que o que é mau parece bom
a quem o deus turva o juízo.
Mas aí vem Hêmon,
do rei o último rebento.
Em seu belo semblante vem
estampada grande dor,
pois já sabe de tudo!

HÊMON

– Pai – disse Hêmon, tão logo se aproximou –, tornei-me um homem ouvindo seus bons conselhos, e a eles seguirei sempre. Suas sábias palavras vêm para mim em primeiro lugar; meu casamento, em segundo.

– Você disse bem, Hêmon. Os filhos não devem pôr nada acima da opinião de seu pai. Assim, com o sólido apoio paterno, os inimigos tremem de medo e os verdadeiros amigos são recompensados. Porém, ai daquele que teve filhos inúteis, pois só o que gerou foram tormentos e todos o enganam. Não despreze o que lhe digo pelo capricho de uma mulher. O abraço de um esposa má não irá aquecê-lo, mas sim esfriá-lo, pois nada é pior do que ter uma pessoa ruim dentro da própria casa. Deixe, então, que ela vá se casar com Hades! Em toda a cidade, ela é a única que desprezou as minhas ordens. E eu não vou me tornar agora um mentiroso e motivo de piadas por voltar atrás! Não mudarei minha decisão! Afinal, se fizer concessões à minha família, então também terei de ser tolerante para com os estranhos! Se, contudo, eu for justo em minha casa, também o serei com os cidadãos. Quem infringir as leis e quiser impor as suas próprias, contra a vontade do rei, não obterá ganho algum! Quando a cidade elege um governante, todos devem obedecer a todas as suas decisões, sejam grandes ou pequenas, justas ou não, pois o soberano seria capaz até de se lançar ao fogo para o bem comum, permanecendo sempre fiel aos seus concidadãos! Somente a disciplina pode salvar a cidade. A anarquia arruina o país, faz desmoronarem casas e põe em desordenada fuga um exército inteiro! Por isso, devemos ser guardiães das leis e nunca desprezá-las por causa da vontade de uma mulher! Se fosse um homem que me derrotasse, seria diferente, mas não permitirei que digam que recuei diante de uma simples rapariga!

A CIDADE CHORA PELA JOVEM

– Pai, os deuses dão aos homens o intelecto, o bem mais valioso do mundo. De minha parte, não poderia imaginar que o que você diz não esteja certo. Entretanto, pode ser que alguém pense diferente. Na condição de seu filho, tenho o dever de estar atento a tudo o que os outros dizem sobre o que você faz,[30] no caso de acharem algum motivo para acusá-lo. Afinal, o povo teme ao vê-lo e não diz na sua frente coisas que o aborreçam. Eu, porém, sei o que se fala à boca pequena e tenho a obrigação de lhe dizer: a cidade chora pela jovem. Correm murmúrios de que ela está sendo castigada injustamente e da maneira mais ignóbil, apenas por haver cometido um ato nobre. Dizem que o que ela fez foi magnífico, não deixando que seu irmão morto fosse devorado por cães e abutres, e que merece louvores e não a morte. Quanto a mim, meu pai, nada me é mais caro do que saber que você é um rei feliz e amado pelo povo. Que alegria maior eu poderia ter do que a felicidade e a boa fama de meu pai? Mas agora sua fama está sendo destruída. Sabendo disso, é meu dever alertá-lo. Portanto, não se guie somente pela própria opinião. Para quem pensa que é o único a dizer o que é certo, e que não tem rival em bravura e sensatez, chegará o dia em que ficará provado que sua ostentação não tinha consistência alguma. Ademais, não é vergonha alguma para um homem sábio aprender com os outros. Ninguém deve

[30] Desde os heróis homéricos, a aprovação pública era – para os gregos antigos – o maior estímulo ao sucesso e, contrariamente, a desaprovação, a maior desgraça que poderia ocorrer socialmente para um homem. Por esse motivo, a cultura grega está inserida na categoria daquelas denominadas "culturas da vergonha", pois todo o sucesso na sociedade estava baseado na reputação pública de que o cidadão gozava em sua cidade. O ateniense, sobretudo, valorizava a exibição, o sucesso e o reconhecimento públicos, pois sua sociedade era extremamente competitiva: o grego apreciava ser invejado e se preocupava bastante com a forma como era visto pelos outros. A dor dos adversários derrotados e a inveja dos que haviam sido vencidos eram sinais evidentes do êxito obtido.

ser inflexível. Todos nós sabemos quais as árvores que resistem às margens das torrentes: somente aquelas cujos galhos se dobram, ao passo que todas as que permanecem rígidas são arrancadas pela raiz. Da mesma forma, desaparece o navio cujo comandante mantém esticadas as cordas durante a tempestade. Embora seja mais jovem, também posso dizer alguma coisa certa. Por isso, meu pai, eu sugeriria que deixasse a ira de lado e mudasse de opinião. Ninguém nasce sabendo tudo, sem que alguma vez se engane. O homem sempre deve aprender com todas as palavras sensatas que lhe chegam aos ouvidos, independentemente de quem as tenha dito.

– Majestade – disse o líder dos anciãos –, se seu filho disse alguma coisa que parece razoável, leve em consideração. E você, meu jovem, faça o mesmo quanto às palavras de seu pai, porque ambos disseram muitas coisas certas.

– Quer dizer que um fedelho nos dará agora lições, a nós, que temos cabelos brancos?! – indignou-se Creonte.

– Meu pai, recuse apenas o que não lhe parecer correto. Se as atitudes forem corretas, não dê importância à idade de quem as tomou.

– Seria uma atitude correta honrar gente perversa?

– Isso sequer me passaria pela cabeça, jamais.

– E essa moça, então, não está contaminada pela maldade?

– Não é o que se diz pela cidade.

– Quer dizer que agora a cidade vai me dizer o que fazer?

– Agora é você quem está falando como uma criança, afinal não se trata apenas de *sua* cidade, mas de todos!

– E o que faço agora, então?

– Só quem governa um país deserto é que pode tomar decisões sem ouvir uma segunda opinião!

– Rapaz, então você é aliado de uma mulher?!

– Sou seu aliado! Não acho que eu esteja me referindo a uma mulher...

– E ainda tem a audácia de fazer ironias, patife!

– Isso porque a injustiça massacra minha alma!

– Estou sendo injusto ao honrar minha condição de rei?

– Você a ofende quando não respeita as leis divinas!

– Miserável, tornou-se escravo dessa mulher!

– Não me submeterei a torpes intenções!

– Diz tudo isso por causa dessa aí?

– E por mim, por você e pelos deuses do Hades.

– Pois bem, eu também tenho algo a lhe dizer e é melhor gravar muito bem minhas palavras: você jamais a terá com vida!

– Se ela morrer, mais alguém morrerá com ela!

– E ainda por cima me ameaça!

– Jamais pensaria em ameaçar alguém que perdeu o juízo!

– Ah! Eu não sabia! Devia pegar um pouco de você, que tem juízo de sobra!

– Não lhe faria mal algum ouvir opiniões diversas!

– Então é assim? Pois bem, então juro pelo Olimpo que você não ficará impune! Tragam essa desgraçada até aqui, para morrer agora mesmo, diante dos olhos dele!

– Não pense que vou assistir a isso! Você não verá meu rosto novamente! Aí, então, não irá mais se enfurecer diante dos que o toleram!

Dizendo isso, Hêmon retirou-se, cheio de dor e ódio.

ANTÍGONA É CONDENADA

– Majestade, o rapaz saiu apressado, com a alma transtornada! Temo que vá cometer alguma loucura... – disse o líder dos anciãos.

– Faça o que fizer, isso não salvará essas duas!

– Mas... você vai executar as duas?

– Não, não sou louco! Porém, ela, que fez o enterro, será enterrada!

– Também decidiu de que maneira ela irá morrer?

– Eu a encerrarei em uma caverna profunda, deixando-lhe, contudo, um pouco de comida, para que a culpa não recaia sobre a cidade. Presa ali, que então peça a Hades, o único deus a quem estima, que tenha pena dela. Talvez, então, ela compreenda, ainda que tarde demais, que não vale a pena honrar mais aos mortos que aos vivos!

Dizendo isso, Creonte entrou no palácio, e o coro dos anciãos, sofrendo por Antígona e Hêmon, entoou um hino ao amor, que a tudo vence:

Amor, que sempre lutas e és invencível,
Amor, todas as coisas são tuas.

Tu, que passas a noite sobre as faces delicadas
das donzelas e por sobre os mares corres,
presente em todos os lugares,
até nas mais rudes cabanas,
nenhum deus imortal
e nenhum homem mortal
pode a ti escapar!
E quando de alguém te apoderas,
seja mortal ou deus, este perde o juízo!

Tu também impeles os justos à injustiça,
acendendo a inimizade entre eles,
mas vencedor é o amor pela donzela,
vencedora é a grande deusa Afrodite,
vencedora é a lei do universo!

Oh, estão trazendo a donzela!
Antígona caminha para a morte,
e eu, que agora não devo chorar,
amargas lágrimas derramo!

Grita Antígona:

Cidadãos de minha terra!
Percorro agora o negro caminho,
a luz do sol eu perco para sempre...
fiel ao dever para com meu irmão,
uma noiva sem bodas,
prossigo para desposar Hades.

Respondem os anciãos:

Ilustre jovem, segues honrada!
Doença alguma te fez definhar,

nenhuma atroz espada te tocou
e, no entanto, sofres uma dor insuportável,
ao seres conduzida para a senda derradeira,
por causa dos erros de teus pais!

Prossegue Antígona:

Oh, negro destino de minha família!
Oh, meu pai adorado e minha doce mãe,
que me gerastes de casamento
involuntariamente impuro,
estou indo encontrar-me agora convosco,
e contigo também, meu irmão!

– De nada adiantam lamentações miseráveis! – gritou Creonte. – Guardas! Levem-na! Encerrem essa infratora onde eu determinei! E se morrer lá, não será nossa culpa! Ela não deve permanecer entre nós!

Continua Antígona:

Minha tumba, meu leito nupcial,
minha morada, cravada bem fundo na terra,
portal para o reino dos mortos
– e tenho muitos que amo lá no Hades –
Porém, é cheia de amargura
que desço ao mundo inferior,
antes mesmo de ouvir
as canções de meu casamento
e o primeiro choro de meu primeiro filho!

Fui julgada culpada pelos mortais
por prestar homenagem a meu irmão.
Se isso foi um erro que cometi,

que me acusem os juizes do Hades![31]
Se, ao contrário, o erro foi destes homens,
que seu sofrimento não seja pior que o meu!

– Ainda temos de ouvir as suas palavras?! Levem-na depressa, antes que vocês também comecem a chorar! – esbravejou Creonte.

Ai de mim! Meu fim chegou!
Terra pátria de Tebas,
deuses de nossos pais,
e vós também, anciãos tebanos,
vede o que sofre, e pela mão de quem,
a princesa que se devotou à piedade!

– Chega! – gritou Creonte novamente, encolerizado. Então, os guardas levaram Antígona, enquanto os anciãos diziam:

Sorte semelhante teve Dânae,
que, dentro de um baú
de bronze como um esquife,
trocou a luz do Sol pela negra escuridão!
De seu destino escapar não pôde,

[31] Juízes do Hades: Trata-se de Minos, Radamanto e Éaco. Dizia-se que o rei Minos foi o primeiro a civilizar os cretenses, governando-os com tal justiça e dando-lhes leis tão notáveis que se consideravam inspiradas por Zeus. Nessas funções de organizador do código jurídico cretense, Minos é freqüentemente posto em paralelo com seu irmão, Radamanto, a quem expulsara levado pela inveja, e do qual não seria mais do que um imitador. Já a reputação de piedade e justiça de Éaco deriva, sem dúvida, do severo julgamento que o levou a condenar os próprios filhos, o que lhe valeu a honra de ser escolhido para dirigir a Zeus uma prece solene, em nome de todos os gregos, quando um período de esterilidade flagelava os campos de sua região. Por terem sido modelos de justiça em vida, após a morte foram escolhidos como juízes do Hades e, assim, passaram a julgar as almas dos mortos.

embora fosse de nobre estirpe
e trouxesse no ventre o filho se Zeus.
Afinal, é terrível o poder do Destino
e nem Plutão,[32] *nem mesmo Ares,*
nem as fortalezas dos ciclopes,
ou os mais robustos navios
dele puderam escapar!

[32] **Plutão**: denominação para Hades (ver nota 5, p. 21).

TIRÉSIAS PREVÊ MAIS UMA GRANDE DESGRAÇA

– Mas vejam! – gritou um dos anciãos. – Uma criança vem conduzindo Tirésias, o adivinho cego que sabe todas as coisas!

– Que notícias você nos traz, Tirésias? – perguntou Creonte.

– Eu lhe explicarei. Apenas preste atenção e acredite no que lhe disser.

– Sempre o escutei, meu sábio ancião.

– E é por isso que hoje governa esta terra!

– Você me ajudou muito, eu sempre digo.

– Porém, agora, Creonte, você caminha sobre o fio da navalha!

– Está me assustando. Diga-me o que está havendo.

– Você entenderá se eu lhe apontar os sinais que recebi. Eu estava sentado em meu trono, de onde escuto as vozes proféticas dos pássaros, quando, subitamente, uns ruídos estridentes e um estalar de asas chegaram-me aos ouvidos, o que me indicava que alguns pássaros despedaçavam ferozmente algo com suas garras. Como fiquei muito assustado, resolvi oferecer um sacrifício aos deuses, pedindo a este menino que observasse atentamente o processo e me revelasse tudo o que seus olhos observassem de incomum. Então, aconteceram coisas terríveis! O fogo não lançava chama; a gordura escorria das coxas, que se arrebentavam, lançando pedaços de carne pelos ares; o fel se espalhava e as carnes se descolavam, deixando os ossos à mostra. Fiquei sabendo disso tudo com a ajuda deste menino, justamente eu, que trabalho para ajudar os outros! Soube também que acontecia a mesma coisa em toda a cidade: os altares e as lareiras ficaram cheios das carnes do desventurado filho de Édipo, devorado pelos abutres e pelos cães selvagens! Os deuses não aceitam mais nem orações nem sacrifícios. Não brilha chama alguma nos altares, nos quais há apenas fumaça, e os pássaros soltam gritos que nem mesmo eu consigo compreender. A explicação para isso, entretanto, é simples: provaram o gosto da carne e do sangue de um homem que não foi sepultado. Portanto, pense agora no que vai fazer, Creonte. Errar é humano, mas deve-se consertar os erros antes que seja tarde. A teimosia é má conselheira. Por isso, volte atrás e não ataque um homem morto, pois matar novamente quem já está morto não é, absolutamente, prova de poder. Tampouco constitui humilhação dar ouvidos a um bom conselho, que somente irá ajudá-lo!

– Acontece, Tirésias, que todos vocês, como se fossem arqueiros, escolheram a mim como alvo! E não é a primeira vez que estou na mira dos adivinhos. Conheço você muito bem, e todos os da sua laia. Não passam de comerciantes! Trazem âmbar de Sardes, ouro da Índia e tudo mais que os enriqueça. Todavia, não darão sepultura àquele homem! E não me importo se as águias de Zeus carregam suas carnes para o Olimpo, ainda que o trono do soberano dos deuses fique manchado de sangue, pois sei muito bem que os imortais não podem ser contaminados por essas coisas. Portanto, velho Tirésias, quero que fique sabendo de uma coisa: gente má acaba sofrendo amargamente quando, para obter lucros, veste sua malícia com belas palavras!

– Tenho apenas uma coisa a lhe perguntar, Creonte: porventura você sabe qual é o bem mais precioso de todos?

– Diga-me você, que é o sabe-tudo!

– É a sensatez, majestade.

– E a insensatez é o pior dos males?

– Sim, e dela, infeliz, você está bem servido!

– Melhor eu não responder, para não ser indelicado com um adivinho!

– Será que já não o foi?

– Se fui, fiz bem! Todos vocês, profetas, trabalham por dinheiro!

– Sim, seguimos o exemplo da nobre estirpe dos tiranos!

– Acaso você se esquece de que está falando com o rei?

– Nem por um momento. No entanto, também não esqueço que foi graças a mim que você pôde salvar esta cidade!

– Você pode ser um sábio adivinho, mas também é muito ardiloso.

– Você acabará me forçando a lhe contar segredos que não devem ser revelados...

– Conte-os, então, mas não tenha esperanças de que vá tirar disso algum proveito!

– Pois bem! Fique sabendo que, antes que o Sol termine sua trajetória no céu, você pagará por sua cruel teimosia, com a vida de alguém que lhe é muito próximo! Afinal, encerrar uma alma viva em uma tumba, deixando insepulto um cadáver, que pertence aos deuses do mundo inferior, constitui uma impiedade abominável. Você, que é mortal, não tem esse direito, e nem mesmo os deuses que habitam o Olimpo. Portanto, trate de esperar pelas Erínias, que lhe reservam desgraças semelhantes às que você mesmo provocou aos outros! E veja bem se lhe digo essas coisas para obter algum lucro. A verdade, Creonte, é que está chegando o momento em que você ouvirá, dentro de sua própria casa, lamentações fúnebres. As mesmas ouvidas por todos aqueles que deixam as obrigações para com os mortos a cargo dos cães, das feras e dos abutres! Agora já lhe disse tudo o que tinha a dizer, mas só o fiz porque foi você quem me provocou. Minhas palavras lhe abrirão uma grande ferida! Não há mais salvação para você, grande Creonte.

Em seguida, Tirésias dirigiu-se ao menino que o conduzia:

– Agora, meu garoto, leve-me para casa. Deixemos esse homem despejar sua cólera sobre gente mais jovem! Porém, no final, aprenderá que deve ser mais controlado e razoável.

CREONTE PERCEBE SEU ERRO TARDE DEMAIS

– Majestade, o adivinho foi embora, e o que ele disse nos deixou assustados! Embora nossos cabelos estejam brancos, jamais tivemos notícia de uma previsão de Tirésias que não houvesse se cumprido...

– Ai, eu sei! Estou muito aflito! Porém, não posso voltar atrás... embora eu tema que meu orgulho venha a me esmagar por meio de uma enorme desgraça!

– Você deve pensar com prudência, filho de Meneceu!

– Diga-me, então, o que fazer e eu o ouvirei.

– Vá correndo tirar a moça da tumba em que você a encerrou viva e erga um túmulo para o cadáver que está sem sepultura.

– Então, você julga certo eu voltar atrás?

– Sim, antes que a ira de Zeus caia sobre você.

– Ai de mim! Sou obrigado a fazer o que diz.

– E faça isso o mais rápido possível, porque as Erínias têm asas nos pés!

– Ah, como é difícil mudar o que decidi! No entanto, não vejo outra solução!

– Então corra, e vá pessoalmente! Não deixe para que os outros o façam!

– Venham, homens! Tragam picaretas e vamos para a caverna. Eu a aprisionei, eu a libertarei. É o que devo fazer. Preciso ter mais piedade e respeito pelas leis não escritas dos deuses!

Dizendo isso, Creonte partiu com seu séquito, enquanto o coro de anciãos, cantando, dizia:

Filho do grande Zeus,
da filha de Cadmo ilustre rebento,
Baco, Dioniso e Iaco,[33]
e tantos quantos forem os outros nomes
com que ainda o chamam deuses e homens!

[33] Iaco: deus que dirige a procissão dos iniciados nos Mistérios de Elêusis. Tal como o Peã (ver nota 28), seu nome originou-se do grito ritual *íakkhe*, emitido pelos fiéis. Seu nome lembra um dos que é usado por Dioniso – Baco – com o qual às vezes é identificado e, nesse caso, afirma-se que essa dualidade é um mistério. Há versões que afirmam que Iaco seria um filho de Deméter, mas a maioria delas considera-o filho de Perséfone e Zeus. Seu primeiro nome era Zagreu e recebeu o nome de Iaco depois de sua reencarnação. Era representado como uma criança que havia acabado de entrar na adolescência, portando um archote, dançando e guiando a procissão de Elêusis.

Tu, que de Elêusis és o soberano
e da célebre Itália és protetor,
tu, que de Tebas és o orgulho,
o deus e o rei, que lideras
a dança junto com as Mênades,[34]
ora pelas águas do Ismeno,
ora na fonte Castália, do Parnaso de dois cumes,
e outras vezes aqui, onde os dentes
do dragão foram semeados,
aos teus pés caio agora, ó deus,
Dioniso Baco, para que venhas
em socorro de tua cidade,
Tebas, famosa em todo o mundo,
que agora padece pesada desgraça!
Vem, ó deus, não demores!
Vem trazer a salvação!

Porém, nesse momento, veio um mensageiro, agitado, que parou diante dos anciãos e logo em seguida anunciou:

– Vocês, descendentes do velho Cadmo e filhos do célebre Anfíon, ouçam o que tenho a dizer: o homem não pode estar seguro de nada neste mundo! A sorte o governa como bem entende. Por vezes ela o põe nas alturas, por outras o atira num grande infortúnio. Quem poderia imaginar o que aconteceria a Creonte, que gozava de grande glória e riqueza, feliz com sua casa e seus filhos? Porém, vejam agora a que situação

[34] **Mênades**, em grego, significa "mulheres possessas". Trata-se das Bacantes, que faziam parte do séquito de Dioniso. São representadas nuas ou recobertas com véus transparentes, que mal lhes dissimulam a nudez; usam coroas de hera, trazem na mão um tirso ou um cântaro, ou tocam flauta e percutem um tambor, entregando-se a uma dança desnorteada. Personificam os espíritos orgiásticos da natureza. Quando possuídas pelo deus Dioniso, que lhes inspira uma loucura mística, passam a errar pelos campos, bebendo das nascentes e julgando que delas recebem leite e mel. Nesse êxtase místico, adquiriam uma força prodigiosa, da qual muitos heróis foram vítimas, como Penteu, por exemplo.

chegou. Afinal, quando o homem perde a alegria, já não é nada mais que um morto que ainda vive. Nem há poder real, nem tesouro no mundo que eu quereria obter, se tivesse de dar a felicidade em troca.

– Suas palavras são um mau presságio! Diga logo, qual foi a desgraça que se abateu sobre o rei?

– A morte entrou em sua casa!

– Quem morreu? E de que maneira? Acabe com nossa agonia!

– Quem morreu foi Hêmon.

– Como? Por quê? Conte-nos tudo!

– Ele não pôde suportar ver Antígona morta e deu fim à própria vida.

– Ai, adivinho Tirésias, como foi verdade tudo o que disse... mas, vejam! Aí vem a rainha Eurídice! Será que já soube de seu filho?

– Eu ouvi tudo, cidadãos da desafortunada cidade de Tebas! Ao aproximar-me da porta, a horrorosa notícia me atingiu como uma punhalada, perdi os sentidos e caí nos braços de minhas criadas. Todavia, reuni minhas forças e vim aqui para fora, porque desgraças não são algo que eu desconheça. Desejo ouvir a história toda!

– Eu, que estava lá, contarei tudo a você. Nada esconderei, pois não creio que seja certo consolá-la com palavras que logo se mostrariam falsas. Pois bem, eu acompanhei seu marido para lhe mostrar onde o cadáver de Polinice estava prostrado. Quando chegamos lá, pedimos a Plutão e a Hécate que refreassem sua cólera pelo morto não ter sido enterrado e sim dilacerado pelos cães selvagens. Em seguida, lavamos o morto com água limpa e o queimamos com ramos verdes. Por fim, erguemos um túmulo sobre ele e, tendo coberto seu corpo com a terra de sua pátria, seguimos rumo à caverna profunda, à câmara nupcial da moça e de Hades. Então, um guarda que estava ali por perto correu até Creonte e disse-lhe que tinha ouvido um lamento vindo do interior da caverna. O rei aproximou-se, arrastando os passos, e então se ouviu, de dentro da caverna, um grito lancinante e atroz, misturado a palavras desconexas. Creonte deu um gemido e caiu em lamentação: "Essa é a voz de meu filho!", gritou. "Corram, escravos, e procurem por entre as pedras para ver se Hêmon está lá, ou se os deuses estão me enganando!" Ao chegarmos, vimos que as pedras que selavam a caverna tinham sido postas de lado e, lá dentro, nos deparamos com um espetáculo horrendo: a moça estava pendurada por cordas feitas de seu próprio véu, e Hêmon a agarrava fortemente pela cintura, chorando e rompendo em maldições contra o pai, causador daquela morte pavorosa. Creonte, assim que o viu, gritou: "O que está fazendo, infeliz? O que foi que lhe deu? Não cometa nenhuma loucura! Venha para fora, meu filho! Peço-lhe de joelhos!" Entretanto, o jovem, em vez de responder ao pai, cuspiu em seu rosto e, imediatamente depois, sacou da espada e investiu contra ele. Mas Creonte, desviando-se, escapou do golpe. Então Hêmon enterrou sua espada com toda a força entre as próprias costelas! Ao expirar, o pobre moço abraçou Antígona, segurando-se em seu corpo sem vida, até que despencou morto ao solo. Foi assim que realizou a cerimônia do casamento, dentro da câmara nupcial de Hades. E mostrou a todos nós que não há mal pior do que a insensatez dos homens!

A mãe de Hêmon ouviu em silêncio as terríveis notícias, mas quando o relato do mensageiro havia acabado, correu para dentro do palácio. Os anciãos ficaram surpresos e o mais respeitável entre eles falou:

– Não sei qual a explicação para o silêncio da rainha, mas posso dizer uma coisa: estou com medo!

– Eu também não sei o que dizer... – disse o mensageiro. – mas talvez ela queira chorar em paz, sozinha, em vez de lamentar pelo filho aqui na frente de todos. Afinal, deve ter seus motivos.

– A mim, contudo, o grande silêncio me assusta mais do que os urros inúteis de desespero... Aí vem o rei. Em seus olhos está estampado todo o sofrimento provocado por ele mesmo.

– Ai de mim! – gritou Creonte assim que chegou. – Minha culpa é terrível! Tornei-me assassino dos meus! Ai, meu pobre filho, foi minha teimosia que o matou! E você se foi em plena juventude, meu orgulho, meu filho!

– Desgraçado! Por que demorou tanto a enxergar a razão?

– Algum deus que invejava minha felicidade, ai de mim!, turvou minha mente e levou-me a cometer atos imprudentes! Ah, os tormentos dos mortais! Como são insuportáveis!

A TRAGÉDIA SE COMPLETA

– Majestade! – gritou um sentinela que saía do palácio. – Há mais desgraças que agora se somam àquelas que já conhece!

– Não! Não! Este palácio não suporta mais infortúnios!

– A rainha morreu!

– Não acredito! Não é possível! Ai, Zeus, por quê?

– Porque não pôde suportar a morte do filho.

– Ai, Hades! Como me dilacera assim o coração! Quer matar um morto-vivo? A menos que eu não tenha entendido bem... O que você disse, meu amigo? Mas será verdade?

– Veja você mesmo, pois agora estão trazendo para fora o corpo da rainha.

– Ai, consecutivas e insuportáveis desgraças! Há pouco abracei o cadáver de meu filho e agora vejo morta também minha pobre esposa! Ai, minha amada, como foi fazer isso?

– Matou-se com um punhal afiado, tendo coberto de pragas o assassino de seu filho, você, o grande culpado. Foi isso que disse antes de tirar a própria vida.

– Ai, e ela tinha razão. Sou o único culpado. Não posso culpar a mais ninguém, seja homem ou deus! Fui eu que matei meu filho, sua mãe e também a piedosíssima jovem! Levem-me agora, infeliz que sou! Expulsem-me para longe, pois sou um perdido, que não existe mais...

– Essa é a única coisa boa que poderá ser feita por você; se é que pode haver algo bom em meio a tamanha desgraça – disse o líder dos anciãos. – Afinal, é muito pior viver entre os túmulos que você mesmo abriu.

– Melhor nem continuar vivendo. Que a morte mais horrível venha pôr um termo em minha vida! Não devo ver novamente a luz do Sol! Levem-me, imbecil que sou! Matei sem querer as pessoas que mais amava e atirei sobre mim mesmo a mais pavorosa das desgraças!

– Oh, sensatez! – disseram os anciãos, em coro.

Oh, sensatez! Só tu trazes a felicidade!
As supremas leis jamais escritas demandam respeito
e os deuses imortais exigem piedade.
Ah, insensatez! Com a teimosia e as palavras ímpias
tu abres feridas enormes!
Depois que o homem sofre e paga por seus erros,
encontra a prudência.
Mas é uma pena que, então, seja tarde demais...

OS DESCENDENTES

SEPULTAR OS MORTOS, UM DEVER SAGRADO

Quando o sacerdote de Atena sulcava com o arado o pátio sagrado ao sopé da acrópole, sempre dizia estas palavras, cheias de humanidade: "Não recusarás a ninguém água para beber ou fogo para aquecer. Não indicarás jamais outro caminho que não o correto. Não deixarás nenhum morto insepulto. Não matarás o touro que puxa o arado".

Sim, nenhum cadáver devia ficar sem as consagradas honras fúnebres. Afinal, a alma do morto seria martirizada eternamente se o corpo permanecesse sem um túmulo e sem as lamentações de praxe. No Hades ninguém era castigado, com exceção apenas de Sísifo, Tântalo, Íxion e as quarenta e nove danaides. Mais ninguém, fosse rei ou soldado, inimigo ou amigo, justo ou injusto. "Quem morre merece descansar em paz", diziam, acrescentando também que não se faziam distinções no escuro reino de Hades, bastando ao morto que fossem prestadas as devidas homenagens.

Desse modo, freqüentemente aconteciam tréguas após as batalhas, para que cada um dos lados pudesse recolher os seus mortos e enterrá-los. Entretanto, quando o ódio e a sede insaciável de vingança não tinham limites, ocorria então o oposto: um novo combate se travava em torno de algum cadáver, no qual os amigos da pessoa morta lutavam para enterrá-la, e os inimigos, para roubá-la, vingando-se dela com o martírio eterno de sua alma.

É por esse motivo que Antígona se sacrifica para sepultar seu irmão morto, ao passo que Creonte, tomado por uma fúria vingativa, dá ordens para que permaneça insepulto.

Mesmo com o enterro de Polinice, a ira dos deuses não cessa, chegando a ameaçar a sofrida cidade de Tebas, pois todos os outros mortos do lado argivo continuavam insepultos.

Assim, quando chega a Argos a notícia da catástrofe e de que os cadáveres não haviam sido enterrados, as mães e esposas dos comandantes mortos, em meio ao lamento que toma conta da cidade, pegam seus filhos e vão pedir auxílio ao rei Teseu, de Atenas.

Teseu se compadece das mulheres e, enquanto ainda pensa em como iria agir, três tebanos, enviados por Creonte, vão até ele. Trazem consigo a exigência de que as argivas sejam expulsas imediatamente de Atenas. O imprudente Creonte havia esquecido tão depressa a desgraça que o atingiu quando deixou Polinice insepulto, que agora procurava outra! Por fim, sua impiedade e atrevimento indignaram Teseu de tal forma que este, sem perder tempo, partiu com uma expedição contra Tebas.

Na batalha, que se desenrolou do lado de fora da cidade, Creonte foi derrotado, e os tebanos, forçados a recuar e se trancafiar atrás de suas muralhas, deixando os seus mortos nas mãos dos atenienses. Os vencedores, que não queriam nada mais, reuniram os corpos e, tendo acendido sete grandes piras, incineraram com as devidas honras todos os soldados. Quanto aos comandantes, porém, os atenienses os levaram até Elêusis, para enterrar seus corpos ali, onde as mulheres esperavam.

Quando os cadáveres foram colocados sobre a pira, seus filhos aproximaram-se. Embora fossem ainda crianças, ao ver os corpos de seus pais dilacerados pelos cães e pelos corvos, fizeram um solene juramento: "Que nós morramos sem pátria, sem terra que nos cubra e que nossa alma seja martirizada para sempre se não nos vingarmos um dia, arrasando Tebas por completo!", gritaram eles. E esse juramento foi um prenúncio de novos males para a infeliz Tebas.

Com o coração apertado, e levando consigo as cinzas de seus parentes, as mulheres e crianças retornaram a Argos. Uma dessas mulheres, porém, não voltou. Era Evadne, mulher de Capaneu, cujo cadáver era considerado sagrado, porque ele tinha morrido por um raio de Zeus. Por isso ele foi enterrado separadamente, com as honras de um grande herói. Todavia, quando a pira foi acesa e grandes chamas envolveram o corpo de Canapeu, Evadne, não suportando a morte do marido, atirou-se às chamas e foi queimada junto com ele.

O cadáver do prudente Anfiarau também não estava naquela cerimônia fúnebre, pois, quando esse comandante estava fugindo para se salvar, no momento em que era alcançado por um tebano pronto para atingi-lo com a lança, Zeus fez com que o solo se abrisse. Desse modo, o sábio adivinho e guerreiro desapareceu, juntamente com seu carro e seu cocheiro. Nesse lugar, os atenienses construíram, mais tarde, um santuário dedicado à arte divinatória e à cura dos enfermos, onde Anfiarau era adorado como um deus. As ruínas desse templo podem ser vistas ainda hoje.

Ao se passarem dez anos, as crianças que haviam feito um juramento sobre os cadáveres dos pais já tinham se tornado homens feitos, educados com severa disciplina e treinados na arte da guerra. Estavam prontos para uma nova campanha contra a cidade de Tebas.

Os Epígonos, que em grego significa "Descendentes", como foram chamados os novos generais, reuniram em Argos um exército muito maior do que aquele de seus pais. Determinaram que Tersandro, filho de Polinice, seria o novo rei de Tebas. Os outros comandantes eram o corpulento Diomedes, filho de Tideu; o filho de Capaneu e amigo inseparável de Diomedes, Estênelo; Egileu, filho de Adrasto; Prômaco, filho de Partenopeu; e Polídromo, filho de Hipomedonte. O chefe de todos eles era Alcméon, o filho do adivinho Anfiarau.

A GUERRA DOS DESCENDENTES

Porém, Alcméon, cujo pai havia sido protegido pelo próprio Zeus e, assim, jamais fora despedaçado pelos cães e pelos abutres, não estava presente na ocasião do juramento e era o único que não queria tomar parte na guerra. Afinal, lembrava-se do que seu pai havia lhe dito antes de partir para aquela primeira campanha: "Sou um adivinho e, como tal, sei que morrerei nesta guerra. Por isso eu lhe peço que, quando crescer, vingue minha morte. Porém, os culpados não são os tebanos, e sim sua mãe, que me obrigou a ir à guerra em troca do colar mágico da juventude eterna, que a deusa Afrodite deu de presente a Harmonia. É dela, então, que você deve se vingar".

Contudo, não foi esse o único crime de Erifile, mãe de Alcméon. Ela agora, como fez na ocasião da primeira campanha, moveu céus e terras para que seu filho tomasse parte na guerra, pois Tersandro havia lhe prometido o véu de Harmonia, um outro valioso presente dado por Atena a Harmonia no dia de seu casamento com Cadmo.

Alcméon, em cuja mente ressoava, de um lado, a missão que o pai lhe dera e, de outro, as exigências da mãe, não sabia o que fazer. Enfim, consultou o oráculo de Delfos para saber qual das duas ordens deveria executar, obtendo a seguinte resposta de Apolo:

– Você deve fazer as duas coisas. Por um lado, obedecer a sua mãe, encabeçando o exército dos argivos, pois só você pode lhes conceder a vitória e, por outro, obedecer a seu pai, pois se não vingar a morte dele, jamais a alma de Anfiarau terá descanso!

Depois de receber essa resposta, Alcméon não teve escolha a não ser tornar-se o líder do exército argivo. Seu conselheiro era o rei Adrasto, que mais uma vez participava de uma expedição contra Tebas.

Imediatamente, o exército partiu rumo a Tebas. Todos os sinais agora eram propícios. Os deuses estavam do lado dos Epígonos, e a sofrida cidade haveria de pagar por antigos erros.

Agora era Laodamas, filho de Etéocles, quem defendia Tebas. Uma batalha cruel e decisiva se deu do lado de fora da cidade. Egileu, o filho de Adrasto, sendo o primeiro a investir, trouxe de imediato aflição aos tebanos e entusiasmo aos argivos.

Porém, seu ardor foi bruscamente interrompido quando surgiu-lhe à frente Laodamas em pessoa, que com um forte golpe de lança o estendeu morto no chão. O filho de Etéocles, todavia, também não teve muito tempo de desfrutar sua vitória, pois veio a encontrar a morte pela espada de Alcméon. Guerreando agora sem o seu rei, e amargando uma série de baixas, os tebanos foram obrigados a recuar e se trancar dentro da cidade.

TEBAS É DESTRUÍDA

Nesse ínterim, no exército dos argivos, Adrasto havia morrido de tristeza assim que soube da morte de seu filho. Quando, porém, essa notícia chegou a Tebas, Tirésias ficou muito aflito, porque aquela morte não era uma coisa boa, mas sim um sinal muito ruim para os sitiados. O grande adivinho, através de sua capacidade divinatória, tinha tomado conhecimento de que Tebas seria arrasada quando morresse o último dos Sete Comandantes da primeira expedição. Então, aconselhou seus compatriotas a abandonar suas casas, durante a noite, para procurar uma outra cidade onde viver, uma nova pátria. Assim, os tebanos, juntamente com suas mulheres, crianças e as poucas coisas que podiam carregar consigo, esvaziaram a cidade na escuridão da noite e fugiram para longe, em direção ao norte.

No dia seguinte, os argivos entraram na cidade vazia e, loucos por vingança, saquearam-na e destruíram tudo o que viram pela frente. Em seguida, carregaram em seus carros todos os espólios de guerra que puderam juntar e foram embora para Argos, deixando para trás o pobre Tersandro a reinar sobre o pouco que restava da outrora célebre e poderosa Tebas de Sete Portas!

Entre os poucos reféns que os argivos aprisionaram estava Manto, a filha de Tirésias. Contudo, por respeito ao grande adivinho, não a tornaram escrava, mas a dedicaram a Apolo, no oráculo de Delfos. Lá, Manto tornou-se uma pítia, predizendo, com palavras de obscuro sentido, o futuro dos homens.

Quanto ao próprio Tirésias, estava deixando Tebas junto com os outros habitantes, mas acabou parando para beber água na fonte Telfusa e, de repente, morreu. Seus conterrâneos, depois de chorar a morte do homem que havia ajudado três gerações de tebanos, enterraram seu corpo ao lado da fonte. Em seguida, ainda mais tristes, continuaram sua marcha para o desconhecido. Finalmente, uns foram para o norte da Eubéia, onde construíram a cidade de Istiaia, e outros encontraram refúgio na Ilíria, no lugar em que um dia Cadmo e Harmonia haviam se exilado voluntariamente, e onde seu filho, Ilírio, havia reinado. Mais tarde, porém, muitos tebanos retornaram à terra natal.

ALCMÉON

Entretanto, em Argos, Alcméon teve de enfrentar o seu próprio drama. Devia vingar-se de sua mãe por ela haver causado a morte de seu pai! O herói atormentou-se muito até tomar uma decisão. Por mais que a vaidade e a futilidade de Erifile tivessem sido o motivo da morte de Anfiarau e chegassem a pôr em risco a vida do próprio Alcméon, a idéia de ter de matar aquela que o havia dado à luz atormentava-lhe o pensamento de maneira insuportável. Porém, ele não tinha o direito de escolha. Não se tratava apenas de uma incumbência de seu pai, era também a ordem de um deus: o próprio Apolo!

Assim, o infeliz Alcméon matou sua mãe e, desde então, teve início seu novo tormento. Perseguido pelas Erínias e abandonado por sua mulher, Arsínoe, ele foi obrigado a vagar por ruas e montanhas. Todos expulsavam o matricida e, em toda parte, fechavam-lhe as portas. Foi, então, ao oráculo perguntar se algum dia seu martírio teria fim:

– Você somente encontrará refúgio e salvação no país em que a notícia de seu crime não tiver chegado – respondeu a pítia.

Mas onde haveria um lugar no qual a notícia do terrível crime de Alcméon ainda não tivesse sido ouvida? Assim, ele perambulou de um lado para outro, até chegar ao Aquelôo, o grande deus-rio. Faminto, exausto e vestindo farrapos, ajoelhou-se em súplica à margem do rio e narrou todo o seu drama, contando também como havia caído em tamanha desgraça. Então, Aquelôo teve pena dele e, erguendo-se das águas, o purificou do crime de matricídio. Em seguida, aconselhou Alcméon a ir morar em uma ilha que se situava na foz do rio e que acabava de se formar, pela terra que descia com as águas. Disse ainda:

– Dessa ilha ninguém irá expulsá-lo, pois a notícia de seu crime jamais chegou até ela, que não existia quando você o cometeu.

Desse modo, Alcméon encontrou refúgio na nova ilha e lá se casou com a filha de Aquelôo, a ninfa Calírroe.

Pensando que seus tormentos haviam terminado, sentou-se e contou tudo a sua mulher, desde o início, para aliviar o peso de sua consciência. Quando, porém, Calírroe ouviu sobre os poderes do véu mágico e do colar de Harmonia, a vaidade feminina despertou dentro dela o desejo de obtê-los.

Alcméon ficou arrepiado ao ouvir o pedido da esposa:

– Esses presentes só trazem desgraças! – disse. – Foi por causa deles que meu pai morreu, que matei minha mãe e, em seguida, não pude mais encontrar sossego!

Entretanto, como Calírroe não era mulher de voltar atrás com facilidade, respondeu ao marido:

– Se você me ama de verdade, deve trazê-los para mim.

A insistência da moça foi tanta, que Alcméon se viu forçado a satisfazer-lhe o desejo.

O véu e o colar estavam em poder de Arsínoe, sua primeira mulher, que tinha por ele ódio mortal desde o assassinato de Erifile. De qualquer modo, foi ao encontro dela.

– Eu lhe entregarei o véu e o colar, mas você terá de pagar – disse ela.

– Eu sei – respondeu Alcméon.

Todavia, ele não imaginava quão alto seria o preço...

Mal teve tempo de chegar em casa com os presentes, viu que os dois irmãos de Arsínoe o esperavam do lado de fora da porta. Sem que lhe dissessem palavra, sacaram da espada e prostraram-no morto ao solo.

Esse foi o fim do infeliz filho de Anfiarau, o homem que havia conduzido o exército dos Epígonos à vitória, para quem os deuses, contudo, reservaram o mais cruel destino.

Entre os outros companheiros de Alcméon, Diomedes obteve grande glória na Guerra de Tróia, na qual também se destacaram Estênelo e outros comandantes.

OS HERÁCLIDAS

Essas guerras, de Tebas e de Tróia, assinalam o fim de uma época, ou, como nos diz Hesíodo, o fim da quarta raça de homens, a célebre raça dos heróis.[35] Realmente, faltavam poucos acontecimentos para que a época mítica fosse totalmente concluída. Não temos nada além da história de um outro grupo de "epígonos": os descendentes de Hércules, ou heráclidas, que com seu famosíssimo "retorno" selam definitivamente o final da mitologia grega.

Entretanto, para contarmos a história do princípio, devemos voltar à época em que, após a morte de Hércules, ainda reinava em Micenas o algoz do grande herói, o fanfarrão Euristeu.

Na cidade vizinha de Tirinto, viviam Hilo e seus irmãos, todos filhos de Hércules e netos de Alcmene, que também morava com eles. Euristeu, porém, do mesmo modo que temia Hércules quando este era vivo, temia agora seus filhos: "Quando eles crescerem, vão querer se vingar!", dizia. Então resolveu expulsá-los dos limites de seu reino. Mas não foi só isso que fez: pediu também que os outros reis da Grécia fizessem a mesma

[35] Para a história sobre as cinco raças e a criação do mundo, veja também o livro *Prometeu, os Homens e outros Mitos*, desta mesma coleção.

coisa, pois Hércules tinha muitos filhos, que viviam em diferentes cidades. Euristeu pensava que, se todos eles se unissem, se tornariam tão poderosos que poderiam certamente ameaçar-lhe o trono e a vida. Enquanto todos obedeciam à determinação do "grande rei", Teseu deu asilo a todos os filhos de Hércules, hospedando-os em Maratona. Assim, em vez de se espalharem por toda a Grécia, aconteceu o oposto. Todos os heráclidas reuniramse em um só lugar, e Euristeu, desde então, perdeu o sono. Seu medo crescia conforme cresciam os filhos de Hércules. Por fim, resolveu fazer uma campanha contra Atenas.

Agora o rei da Ática era o filho de Teseu, Demofonte, que decidiu defender os heráclidas. Porém, eles não eram nada fracos. Tinham como chefe Hilo, que não conhecia o significado da palavra medo. Ao seu auxílio também viera o velho Iolau, sobrinho do grande herói, acompanhado de vários guerreiros. Iolau, que por diversas vezes ajudara Hércules, quando então Euristeu tentava liquidá-lo, agora, ainda que já estivesse idoso, desejava apenas uma coisa: vingança.

No entanto, os heráclidas tinham de enfrentar uma grande dificuldade. Um oráculo havia dito que, para que saíssem vencedores, um dos filhos de Hércules deveria ser sacrificado antes da batalha. Então, decidiram fazer um sorteio, mas a filha de Hércules, Macária, ofereceu-se espontaneamente e sacrificou sua tenra juventude para a salvação de seus irmãos.

Na batalha que se seguiu, os heráclidas venceram com a ajuda dos atenienses e puseram em debandada o exército de Euristeu. Este, apavorado, fustigava com toda a força os cavalos que puxavam seu carro. Em um dado momento, Iolau o avistou e, então, lembrando-se de todos os tormentos e perigos pelos quais Hércules havia passado por causa de Euristeu, pediu ao grande Zeus que lhe concedesse, apenas por um dia, sua antiga juventude e força.

Zeus ouviu suas preces e, de repente, o corpo envelhecido e curvado pelos anos endireitou-se sobre o carro. Estava jovem e belo, como na época em que ajudava Hércules a realizar suas proezas. Imediatamente, conduziu os cavalos num terrível galope e, como um raio, alcançou o aterrorizado Euristeu. Então, estendendo para trás o braço robusto, atirou sua lança com tanta força que, atingindo Euristeu, derrubou-o já sem vida do carro sobre a terra. Esse foi o fim do "grande rei" de Micenas. Morreu do mesmo modo como viveu: com o medo da morte estampado em seu rosto. Porém, por mais crimes que ele tenha cometido contra Hércules e seus filhos, os vencedores não o deixaram sem sepultura. Fizeram-lhe um funeral e deram-lhe um túmulo perto de Palene, bem no meio do caminho entre Atenas e Maratona.

Poucos anos se passaram e os heráclidas, que agora eram hóspedes de Tebas e viviam se queixando por permanecerem sem uma pátria, resolveram regressar ao Peloponeso.

Já eram fortes o suficiente e acreditavam que seriam capazes de vencer qualquer resistência e, finalmente, se estabelecer na terra de seus pais.

Assim, comandados por Hilo, atravessaram o istmo e derrotaram o exército de Argos, mas o país foi assolado por uma onda de fome e doença que os levou ao desespero. Perguntaram, então, ao oráculo de Delfos qual era a causa de tudo aquilo. A resposta que receberam foi a seguinte: eles não haviam retornado no tempo adequado e deveriam aguardar até o "terceiro fruto".

Acreditando que o oráculo se referia ao terceiro ano, eles se retiraram novamente para Maratona e, após o período de três anos, seguiram mais uma vez rumo ao Peloponeso. No istmo, depararam-se com o exército dos argivos, liderado por Atreu, o novo rei de Micenas.

Também não foi dessa vez que as coisas deram certo para os heráclidas. Quando os dois exércitos se posicionavam para a batalha, Hilo, querendo evitar o grande derramamento de sangue, deu um passo à frente e disse:

– Convido o mais bravo homem de seu exército para lutar comigo em um duelo. Se me matar, os heráclidas irão embora e não voltarão até que cem anos tenham se passado. Se, contudo, eu me sair vencedor, então vocês entregarão para nós todo o Peloponeso!

Então, Equemo, o rei de Tegea, saltou para frente. Era um lanceiro imbatível e um verdadeiro gigante. Hilo, vendo com quem travaria um duelo, não se acovardou, mas a habilidade e a força de Equemo foram muito superiores às suas. Em pouco tempo o filho de Hércules caiu morto aos pés do terrível rei de Tegea.

Cheios de dor e sofrimento, os heráclidas recolheram o corpo de seu comandante e se retiraram. E tendo feito uma parada em Mégara para enterrá-lo, puseram-se a pensar para onde poderiam ir. Como não encontraram outra solução, decidiram retornar a Maratona. Contudo, por quanto tempo mais os atenienses lhes ofereceriam sua hospitalidade? Era esse o problema. Assim, pouco tempo depois, decidiram organizar uma nova expedição ao Peloponeso, que acabou resultando em um novo fracasso. Então, mais uma vez se viram diante do mesmo problema. Era lamentável! Os filhos e netos do maior herói da Grécia não tinham uma pátria que fosse sua, onde pudessem ficar!

Enfim, lembraram-se da Dória, onde outrora Hércules possuía um pedaço de terra, e rumaram para lá. A sorte foi que os dórios receberam os heráclidas amigavelmente. "Melhor ganharmos um bom amigo e aliado", pensaram, "que um novo inimigo." Esse foi um raciocínio correto, e ao segui-lo os dórios não sairiam perdendo.

Entretanto, a atitude amigável do povo local não fez com que os heráclidas tirassem o Peloponeso de seu pensamento. Amargurados porque o oráculo que dizia que deviam esperar até o "terceiro fruto" para retornar não tinha se mostrado verdadeiro, foram novamente a Delfos para obter uma explicação.

Os sacerdotes de Apolo responderam o seguinte:

– A culpa não é do oráculo, mas de vocês mesmos, que não o interpretaram corretamente. Afinal, o "terceiro fruto" não significa a terceira colheita, mas a terceira geração de homens!

Assim, os descendentes de Hércules decidiram esperar até a terceira geração. Nesse meio tempo, eles se multiplicaram e se fortaleceram. Então, como por três gerações viveram e se casaram na Dória, no final heráclidas e dórios eram como um só povo.

O RETORNO DOS HERÁCLIDAS

Assim, chegamos à época que se seguiu às guerras de Tebas e de Tróia, com os heráclidas já prontos para realizar o seu tão esperado "retorno". Contavam com o apoio de um grande exército dórico, também preparado para a descida ao Peloponeso. Mas quem comandava todo esse contingente militar eram os heráclidas, chefiados pelos irmãos Têmeno e Cresfonte e os gêmeos Procles e Eurístenes.

Nessa época, era Tisâmeno, filho de Orestes e neto de Agamêmnon, quem reinava em Micenas. Como havia se casado com Hermíone, filha de Menelau e da bela Helena, anexara Esparta ao seu reino e, com isso, se sentia muito poderoso.

Os heráclidas e os dórios, contudo, preparavam-se havia anos para aquela guerra, e o poder de Tisâmeno pouco ou nada os intimidava. Assim, partiram para aquela expedição com entusiasmo e confiantes na vitória. Entretanto, evitaram o caminho pelo istmo, onde seus antepassados haviam amargado o fracasso por três vezes seguidas. Desta vez, preferiram passar para o Peloponeso por mar, através de Naupactos, onde haviam construído sua frota de navios. Em Naupactos, seu exército cresceu ainda mais, porque os etólios, que sempre tiveram planos para a costa em frente, juntaram-se a eles.

Antes de partir, como era costume naqueles tempos, foram pedir conselho ao oráculo de Delfos:

– Tudo correrá bem se vocês tiverem Tríope como guia – foi a resposta do oráculo.

Mas esse nome era totalmente desconhecido pelos homens do exército.

– Eu conheço um Tríope – disse um deles – mas ele se encontra em Rodes...

– Precisamos mandar alguém buscá-lo – disse um outro.

– Rodes não é tão perto assim – disse Têmeno – e ninguém sabe quando poderemos trazê-lo, se é que o traremos! Além disso, estaremos dando tempo para que os argivos se preparem!

– Porém, se não obedecermos a Apolo, estaremos perdidos! – disseram vários guerreiros.

– Estaremos perdidos sem o elemento surpresa! – respondeu Têmeno. – Mas eu mesmo lhes arranjarei um Tríope, e sem precisar ir muito longe!

Imediatamente, Têmeno começou a procurar dentro do exército, até que encontrou Oxilo, um chefe etólio de um só olho, montado em um cavalo. Assim que o viu, aproximou-se dele e perguntou:

– Alguma vez você já foi ao Peloponeso?

– Sim. Conheço cada pedra do lugar! Fiquei exilado lá por muitos anos.

Encontrei o homem que procuramos! – gritou Têmeno. – Todos sabemos o que significa o nome *Tríope*: "aquele que tem três olhos"! Pois bem, Oxilo tem apenas um olho, mais os dois de seu cavalo, são três! Vamos! Embarquemos imediatamente para a costa à nossa frente!

Todos então entraram nos navios, contentes, entusiasmados e fazendo muito barulho.

O "elemento surpresa" de Têmeno teve êxito total. Rapidamente os heráclidas foram submetendo uma cidade após a outra. Tisâmeno resistiu heróica e desesperadamente, mas não conseguiu nada mais do que entrar para a história como o último na

linhagem dos atridas.[36] A batalha decisiva se deu na planície de Lerna, onde Tisâmeno foi morto, seu exército se dispersou e os heráclidas e dórios estabeleceram finalmente seu domínio em todo o Peloponeso.

Os descendentes de Hércules, depois da vitória, repartiram entre si o Peloponeso, com exceção da Acaia, que foi entregue a Oxilo. Essa divisão foi definida a partir de um sorteio. O quinhão em que estava gravada a figura de um sapo representava Micenas

[36] **Atridas**: descendentes de Atreu. Agamêmnon e Menelau (veja *Ilíada: A Guerra de Tróia*, desta mesma coleção) são conhecidos pelo mesmo patronímico, pois ambos eram filhos de Atreu.

e ficou com Têmeno. O que tinha a figura de uma raposa representava a Messênia e foi para Cresfonte. Por fim, o quinhão com a figura de um dragão correspondia a Esparta e ficou com os gêmeos Procles e Eurístenes. É por isso que dizem que Esparta tinha dois reis.

O FIM DA MITOLOGIA

O "retorno dos heráclidas" finalmente havia se efetuado e, com ele, também a "descida dos dórios". Com esses acontecimentos, a mitologia grega atinge seu misterioso final. Fala-nos apenas de mais um rei de Micenas, Deifonte, que ascendeu ao trono de Têmeno ao se casar com a filha deste, Hirneto.

E depois disso?

Depois disso, de maneira totalmente abrupta, cai sobre a mitologia grega uma espessa cortina negra. Os tempos míticos terminam trágica e repentinamente. A civilização micênica literalmente desaparece e todas as cidades gregas ou são arrasadas ou caem em total obscuridade. Não há mais nenhum mito, uma narrativa sequer que nos diga como isso aconteceu. De Deifonte e Hirneto, dois protagonistas de uma tragédia sobre a qual jamais tivemos qualquer informação, restam-nos apenas os nomes. Por cerca de trezentos anos, não há nenhum tipo de registro sobre o que aconteceu durante todo esse período, que com razão é chamado de "a idade das trevas da antigüidade grega".[37]

Embora uma civilização tão brilhante desaparecesse, não havendo mais vozes que contassem novos fatos e tecessem novos mitos, as vozes que falavam do passado não silenciaram.

[37] Segundo os cálculos mais recentes, a queda de Micenas é datada por volta de 1100 a.C., e a *Ilíada* e a *Odisséia* foram escritas no séc. VIII a.C., na Jônia. O período entre esses dois acontecimentos é pouco conhecido na história grega, devido a ausência completa de fontes escritas. Por esse motivo, foi denominado Idade Obscura. Segundo os estudiosos, os termos Idade Média Grega e Idade das Trevas devem ser evitados, pois suscitam uma analogia histórica totalmente equivocada.

Assim, de boca em boca, de cantor para cantor, a mitologia grega atravessou a tempestade que arrastou tudo e a densa escuridão, que durou dez gerações inteiras, para enfim entregar toda a sua riqueza em novas e poderosas mãos. O primeiro de todos foi Homero, que remodelou o reluzente material de que dispunha para torná-lo ainda mais brilhante. E quando Atenas atingiu o esplendor que um dia fora irradiado por Micenas, então, Ésquilo, Sófocles e Eurípides não precisaram procurar muito para encontrar os temas para suas tragédias imortais. A mitologia grega os oferecia em abundância a esses tragediógrafos. E esses mesmos temas eram desejados por um público que sabia apreciar o que era bom e belo. Como não haveria de ser assim, quando todos os atenienses, dos seis aos dezoito anos, recebiam uma educação que era, sobretudo, voltada para as artes? Como, então, a mediocridade poderia passar despercebida? Como não iriam se encher os teatros quando obras-primas estavam sendo encenadas?

Não devemos nos esquecer de que não eram somente os cerca de 300 mil atenienses que adoravam a poesia e a boa arte. Nos anos do apogeu da democracia de Atenas, a influência de sua cultura estendeu-se por todo o mar Egeu, pela Ásia Menor, pelo Ponto Euxino, pela Sicília, pela Itália meridional e ainda pela costa mediterrânea da França e da Espanha. Em toda parte construíam-se teatros, que ficavam lotados de gente que se nutria da mesma e inesgotável fonte: a mitologia grega, uma herança que, geração após geração, século após século, milênio após milênio, e passando por mil obstáculos, chegou até os nossos conturbados dias sem perder nada de sua força e de seu brilho!

SCHLIEMANN: UMA CRIANÇA E SEU SONHO

Quanto há de história escondida por trás da mitologia?

Uma quantidade considerável; poderíamos até dizer que bem considerável, se incluirmos também os costumes, os conhecimentos e as crenças das pessoas daquela época, dados que a mitologia grega nos fornece de maneira tão rica e abundante.

Mas a História que se esconde por trás da mitologia é totalmente diferente daquela que hoje conhecemos. Diferente porque foi escrita, ou melhor, criada em uma época em que ainda não havia historiadores, mas, em vez deles, poetas e cantores em abundância. O resultado disso é que essa primeira história, essa história arcaica, é admirável, incomparável. Afinal, hoje a mitologia não é apenas uma fonte de conhecimento, mas uma obra que se dirige ao pensamento e ao coração do homem contemporâneo: ao pensamento porque incita investigações, interpretações e pesquisas. Ao coração na medida em que o faz vibrar ao oferecer, da maneira mais admirável, valores que não foram arruinados pelo tempo e que não conhecem fronteiras.

Porém, embora a mitologia encerre em si muitos elementos históricos, só recentemente os arqueólogos reconheceram seu valor histórico, pois, antes, não acreditavam em uma só palavra do que ela nos dizia. Isso mudou quando, um dia, em uma pequena cidade alemã, um menino de apenas oito anos ganhou de presente um livro de mitologia que falava da Guerra de Tróia. Ele se apaixonou pelo livro e, entusiasmado, olhava para uma ilustração que representava Tróia em chamas. Seus pais, vendo o quanto aquele livro tinha fascinado o filho, deram-lhe também um exemplar da Ilíada. O garoto, abalado por tudo o que lera, fazia perguntas ao pai, querendo saber mais, mas a resposta que recebeu foi que tudo aquilo não passava de belas lendas.

– Não! – gritou o menino. – Essa guerra aconteceu de verdade!

– Isso nós não sabemos – insistiu o pai. – Aliás, nunca foi encontrada nenhuma Tróia.

– Ela aconteceu, aconteceu sim! – gritou mais uma vez o garoto. – E eu, quando crescer, hei de localizar Tróia, escavar a terra e encontrar as cinzas dessa cidade perdida, para provar que a guerra realmente aconteceu!

É claro que se tratava das palavras de uma criança, ninguém poderia levar aquilo a sério...

Esse menino, que cedo ficou órfão de pai e mãe, teve de se atirar em uma dura batalha pela sobrevivência. Freqüentemente não tinha dinheiro para comprar pão, pois gastava boa parte de seu salário comprando livros e velas, para que pudesse ler à noite, após o trabalho que durava o dia inteiro. Aprendia outros idiomas, lia história, estudava mitologia. Em relação a Homero, aprendeu de cor o texto do poeta no original e, com freqüência, ficava até de madrugada recitando a Ilíada, extasiado com a doçura da língua, percebendo a riqueza dos sentimentos e revivendo o rumor da batalha e seus acontecimentos sensacionais.

Depois de quarenta anos, aquele menino tornou-se um rico comerciante. A busca pelo lucro foi aos poucos apagando de sua memória a cidade perdida de Tróia. No entanto, bem lá no fundo, o sonho de infância sempre esteve vivo, como uma centelha no meio das cinzas. Até que um dia, durante uma viagem a trabalho para Londres, ele visitou o Museu Britânico e se viu diante das esculturas do Partenon, tiradas do templo pelo lorde Elgin. Então, a chama da cidade perdida reacendeu dentro dele. A incomparável beleza das obras de Fídias[38] bastou para abalá-lo novamente, como na infância, e em sua mente começaram a fluir, como uma torrente, os versos de Homero, que tornavam mais vivos diante de seus olhos os deuses e heróis que guerreavam sob as muralhas de Tróia. O rico cinqüentão tornou-se novamente aquela criança que tivera um dia uma bela idéia. Imediatamente ele tomou a grande decisão. Fechou suas empresas e separou-se de sua mulher, que tentava impedi-lo, chamando-o de louco. E, tendo primeiramente mergulhado de cabeça no estudo da arqueologia, pouco tempo depois partiu para a realização da promessa que havia feito a si mesmo, quarenta anos atrás.

Com base nos textos de Homero, encontrou a localização de Tróia e, depois de escavações que duraram dois anos, trouxe à luz, em 1872, não apenas as muralhas da cidade e as cinzas do incêndio, mas também um fabuloso tesouro de 8 mil peças de ouro e prata, entre jóias e objetos.

Prosseguiu com suas pesquisas em Micenas, Tirinto e Orcômeno, obtendo o mesmo sucesso. Em Ítaca, descobriu muralhas ciclópicas. Seu nome: Heinrich Schliemann.

Incansável ajudante e companheira nas escavações foi sua segunda esposa, Sofia Schliemann, a grega.

Com as descobertas de Schliemann, as antigas teorias foram definitivamente lançadas por terra. A mitologia não era mais apenas fantasia. Escondia também muita verdade histórica.

[38] **Fídias**: um dos maiores artistas atenienses, famoso sobretudo como escultor, mas também como arquiteto e pintor. Na época de Péricles (séc. V a.C.), Fídias, amigo deste, participou do projeto de embelezamento da cidade de Atenas, cujas principais obras foram as três estátuas da deusa Atena, uma delas criselefantina (isto é, de ouro e marfim). Supõe-se que Fídias tenha projetado a elaboração do famoso friso do Partenon. Outra de suas obras mais famosas foi a colossal estátua criselefantina de Zeus, em Olímpia.

Então, serão reais os nomes de Aquiles, Heitor, Hércules, Jasão, Teseu, Édipo e de tantos outros heróis da mitologia grega? A resposta é "sim". Os nomes dos maiores reis e heróis, além dos acontecimentos mais verossímeis, revelaram-se tão verdadeiros quanto os nomes das famosas guerras relatadas pela mitologia. Porém, até que ponto?

Muitos fatos que não são verdadeiros, fatos sobrenaturais, nós distinguimos com facilidade. Contudo, há outros que requerem reflexão e estudo. Porém, isso não precisa ser reservado apenas aos especialistas. Todo e qualquer leitor pode fazer o mesmo que aquele menino fez um dia. E não seria de modo algum temerário se comparássemos a mitologia a uma pintura moderna, feita por um artista de sensibilidade, que nos atrai com as brincadeiras que faz com as cores, com as pinceladas ousadas e com o resultado estético da obra como um todo. Entretanto, nós aproveitaremos o quadro ainda mais quando descobrirmos também o que ele representa. O mesmo pode se dizer da mitologia, que, de boca em boca, de poeta para poeta, de um artista para o outro, recebeu tantos ornamentos magníficos que seu brilho acabou por ofuscar os fatos e torná-los parecidos com fábulas, coisa que não eram. Afinal, tratava-se da própria vida e da própria história daquela época, embora a mitologia se prestasse mais às cordas da lira que à pena austera dos historiadores. E exatamente por falar da própria vida é que nela não encontraremos o "final feliz", tão forjado, falso e fora da realidade, o qual freqüentemente caracteriza todas as fábulas. Não há final feliz na mitologia, e se há, é algo tão raro como na vida real daqueles anos duros e difíceis, pois dramas se desenrolavam nos palácios e tragédias eram escritas nos campos de batalha.

M.S.

Esta obra foi impressa nas oficinas da Gráfica
Palas Athena, com miolo em papel pólen soft,
capa em papel supremo na tipologia Americana
para a Editora Odysseus em janeiro de 2004.